Bグループの少年 9
The Boy Who belongs to Group "B"
櫻井春輝
Sakurai Haruki

Main Characters
主な登場人物

山本《やまもと》淳也《じゅんや》

香の彼氏で、大学生。
バイトではリーダーを務めるなど、
面倒見の良い性格。

折原《おりはら》香《かおり》

恵梨花の小学生からの友人。
今回のダブルデートの発起人。

藤本《ふじもと》美月《みづき》

恵梨花の妹。14歳。
活発な性格の中学生。
柔道の黒帯を持っている。

藤本《ふじもと》雪奈《せつな》

恵梨花の姉。18歳。
亮に救われた過去を持つ。
近所の大学に通っている。

Group
A
藤本恵梨花《ふじもとえりか》
本編のヒロイン。16歳。
アイドル並みのAグループ美少女。
明るく優しい性格でファンが多い。
Group
B
桜木《さくらぎ》亮《りょう》
本編の主人公。16歳。
とある理由で目立つことを避け、
Bグループに紛れ込んでいる。

淳也はボールをトスアップして、
体をググッと曲げ――打った。
「ふっ――！」
淳也のサーブがバウンドする頃には、
亮が万全の態勢で待ち受けている。

キャ
亮のリターンは、
確実にコート内に入るコースを描いていた。
「頑張ってー、亮くん！」
そうして淳也と亮の真剣勝負が始まったのである。

CONTENTS

Bグループの少年9

第一章　雪月花《せつげっか》の影響力

彼女である藤本恵梨花《ふじもとえりか》の家族との対面を終え、一悶着《ひともんちゃく》ありつつも藤本家に受け入れられた桜木《さくらぎ》亮《りょう》は、藤本家で朝ご飯をほぼ毎日ごちそうになるまでの仲になっていた。

期末テストを終えた後、恵梨花の家を訪れ、彼女の妹の美月《みづき》と一緒にゲームをして遊んでいた亮の下に、一人の訪問者が現れる。

それは、亮の通う高校の剣道部主将、郷田剛《ごうだつよし》であった。彼は藤本家を訪れるなり、亮にある頼み事をしたのだった。


「……悪い、今何て言ったか、もう一度聞いても？」

――武士のような体格をした剣道部の部長、郷田の言ったことが信じられず、聞き間違えたかと思って亮はそう聞いた。

「うむ。お前に剣道部《うち》の夏合宿に参加をしてもらえないかと思ってな」

どうやら聞き間違えではなかったようで、亮はしばし黙考《もっこう》した末に口を開いた。

「……は？」

意味がわからず、そんな声が出るだけだった。

「うむ。お前に剣道部《うち》の夏合宿に参加をしてもらえないかと思って――」

同じ言葉を繰り返す郷田を、亮は遮《さえぎ》った。

「いや、そうじゃねえ。聞こえたから」

「そうか。で、頼めるだろうか？」

「いや、なんでだ。なんで俺が剣道部の合宿に参加なんて話になるんだ。剣道部の合宿なんだから剣道部だけで行ったらいいじゃねえか」

亮のこの言葉はまさに正論であるが、その正論をぶつけられた郷田は難しい顔をして、ため息を吐《つ》いた。

「お前がそう言うのはもっともだと思うが、こっちもなりふり構ってられなくてな」

「いや、そう言われてもだな。俺は関係ねえよな？」

亮は学校用の地味なスタイルに似合わないつっけんどんな口調で返す。

「うむ、それはわかってる。お前に頼むのは筋違いだというのもだ」

「なら――」

「だが、頼れるのはお前しかおらんのだ。無茶な話だと承知しているが、どうか頼まれてくれんだろうか」

そう言って、座りながら深く頭を下げた郷田の圧に押されて、亮は出かけた文句を呑み込む。

そして頭をガシガシと掻いていると、亮の足元で床に寝転がっていた美月の呑気《のんき》な声が聞こえた。

「ねえ、タケにい。どうして、亮にいに剣道部の合宿に参加して欲しいの？　亮にいが言ってる通りに、亮にいって剣道部じゃないんでしょ？」

「――こら、ツキ？」

藤本家の母親、華恵《かえ》が話に入ってきた美月を窘《たしな》めるような声を出したが、それに反応して頭を上げた郷田が手を振る。なお郷田は恵梨花、美月から『タケちゃん』『タケにい』と呼ばれている。

「構いません、おばさん――それはな、ツキちゃん。桜木が剣の扱いに関しては俺よりも上手く、そして指導者としても優秀だからなんだ」

それを聞いて目をパチパチとさせたのは美月だけでなく、華恵もだった。

「え、亮にいって剣道もやってるの!?」

少し興奮気味に聞いてくる美月に対し、亮は言葉少なに否定する。

「いや、違う」

「え？　だって――」

「――剣術だそうだ、ツキちゃん」

郷田から答えを貰《もら》って、あんぐりと口を開ける美月と華恵。

「それも、二刀流。見せてもらったことがあるのだが、それは見事なものだったぞ」

実感のこもったその声に、美月と華恵は揃って驚いた顔で亮を凝視した。

「……え、ちょ、亮にいの二刀流って、すごくヤバそう」

「何がヤバいんだよ」

「だ、だって、ただでさえ強い亮にいが、二刀流とかしちゃったら、とんでもなさそう」

「本当にね……」

華恵の相槌《あいづち》を耳にしつつ、亮はため息を吐きながら口を開く。

「言っておくが、俺の剣術は未熟《みじゅく》もいいとこでな。二刀持ってる方が弱体化するんだぜ？」

「……ちょっと信じられないけど、でも説得力あるよ」

納得したような美月に亮は苦笑して、郷田に目を向ける。

「まあ、俺の剣術の話は今はどうでもいいだろ。問題はなぜ剣道部でもない俺に、合宿に参加して欲しいのかって話だよな」

「うむ」

「なんでまたそんなこと考えたんだよ？」

「ああ、神林《かんばやし》と成瀬《なるせ》から聞いたのだが、全国大会の前にお前が二人に稽古《けいこ》をつけてくれるそうだな？」

神林将志《まさし》と成瀬千秋《ちあき》は、剣道部に所属している亮の中学からの同級生だ。

「……ああ。だが、それはあいつらへの借りがあるから、それを返すためのって話だ」

「うむ。それを聞いて俺もどうにか稽古をつけてもらえないか、二人に話してみたとこ6ろだな、成瀬が名案を思いついたと言ったのだ」

「……何をだ？」

亮は嫌な予感を覚えながら聞いてみた。

「一人につき一日、稽古をつけてもらうというお願いを合算すれば、二日分となる。ならばその二日分のお願いの権利を合宿に参加してもらう、というのに変更したらいいのでは、と。きっと亮なら――桜木なら応じてくれると」

「ち、千秋の野郎……」

亮は文字通り頭を抱えて唸《うな》った。そして少し考えて顔を上げる。

「――どうして俺が合宿なんて話はわかった。大体、千秋のせいなんだな」

郷田は何も返さず沈黙《ちんもく》で肯定を示した。

「だが、そもそも前提がおかしい。俺が合宿に参加だという話以前に、進藤《しんどう》のじいさんはどうした？　こういう時のために俺はおっさんにあの人の連絡先を教えたんだぜ」

進藤とは、おっさんこと郷田の師匠であり、亮は彼と異色な形ではあるが、拳と剣で手合わせしたという縁があった。

亮が進藤について問うと、郷田は非常に気まずそうな顔をして目を逸《そ》らし、ポツリと言った。

「先生はなんでも、その合宿の日……大事な用事があるらしくてな」

「ああ？　なんだよ、その用事って。弟子の全国大会前の稽古より大事って、一体どんな用事だよ」

「……——コンがあるらしい」

「……？　聞こえねえ、何だって？」

よく聞こえず亮が聞き返すと、郷田は咳払《せきばら》いして顔を赤くし目を逸らしながら答えた。

「——ご、合コンがあるらしい……沖縄《おきなわ》のギャル達と」

その瞬間、藤本家のリビングにブリザードが吹き荒れた。

少しして、亮は自分の頭の中から「ブチッ」という音を聞いたのと同時に怒声《どせい》を上げる。

「だー！　クソッたれめ!!　なんで達人級《マスタークラス》のじじい共はどいつもこいつも、そうふざけた連中ばっかなんだ!?」

気づけば亮は立ち上がってそう吠《ほ》えていた。

「りょ、亮くん、落ち着いて——!?」

恵梨花が駆け寄ってきて亮を宥《なだ》める。

庭からは「クーンクーン」とジローの怯えた鳴き声が聞こえてきた。

美月と華恵もビクッとしたが、それだけだった。

恵梨花に肩をポンポンと叩かれ、亮は息を荒くしながら腰を落とした。

「――おっさんには同情する」

「――うむ」

「進藤のじいさんを説得して呼び寄せろとは言わねえ。だが、それとこれとは別の話だ。剣道部の合宿だろ？　関係のねえ俺が参加したら、嫌な顔する部員だっているだろ。そこはどうなんだ？」

亮は話を戻して理詰めで合宿参加を避けようと考えた。

「そこは問題ない。俺が全員から了承を得た」

「……全員？　それでも嫌々同意したやつだっているだろ」

「いや、いない。全国大会を前にして、皆気合いが入っていてな。神林や成瀬から中学の時の稽古の話を聞いていたのもあって、強くなれるのなら是非《ぜひ》もないと」

「……そうかい……そういや、合宿って何泊するんだ？」

「三泊四日だ」

「ふうん？　それじゃ、計算が合わねえな。マサと千秋に使う時間は一日ずつの話だぜ」

亮はこれで合宿参加なんて面倒な話は終わりだと、胸を撫で下ろした。

が――

「うむ。それはその通りだ。お前にメリットがある話でもないしな。そこで、俺から一つの提案がある」

郷田はそこで言葉を区切り、亮の肩に手を乗せた。

「……なんだ？」

亮が眉《まゆ》をひそめると、郷田は亮の肩に手を置いたまま背後にいる恵梨花に目を向けた。

「ハナちゃんも参加しないか？」

その言葉の意味を理解するのに、亮もハナちゃん――恵梨花も数秒を有してしまった。

少しの沈黙の後、二人は揃って口を開く。

「――はあ!?」

「――ええ!?」

亮と恵梨花の驚きの声に、郷田は何も言わず待っている。

「いやいや、おっさん。恵梨花まで来いってどういう意味だよ。何しに行くんだよ」

「そ、そうよ、タケちゃん。大会に応援に行くのとは全然違うじゃない」

亮と恵梨花の至極もっともな言葉に、郷田は鷹揚《おうよう》に頷き恵梨花へと目を向けた。

「うむ――確かにそうだが、ハナちゃん、聞いて欲しい」

「えっと、何――？」

「ああ、ハナちゃんもそうだが、桜木も帰宅部だ。そして二人は違うクラスで、体育の合同授業でも一緒ではないクラス。つまりは高校生の間に、学校の中で、共に運動をする機会がない訳だ。そこでどうだろう、ハナちゃん。この合宿の間だけ、桜木と同じ部の部員の気分を味わう――というのは？」

その言葉は亮には悪魔の囁《ささや》きに聞こえ、対して恵梨花は耳をピクリと反応させ、素早くソファをグルリと回って、未だ亮の足元で転がっている美月を踏んづけて、速やかに亮の隣へと座った。

「ぐえっ――ハナ姉、ひどい――!?」

そしてそんな美月の抗議の声に耳を貸さず、恵梨花は真剣な表情を浮かべて、鋭《するど》く郷田を見据《みす》えた。

「――詳しく聞かせて」

その恵梨花の声が、亮には『王手』と聞こえたような気がした――つまりは詰み、だ。

「ちょ、ちょっと待て、おっさん――」

「亮くん、ちょっと黙ってて」

「――はい」

恵梨花の鬼気迫る眼光に亮は射すくめられた。

亮が抗《あらが》えない絶望感を覚える中、郷田と恵梨花は、頷き合って話し始めた。

「うむ。何もハナちゃんが合宿に来て俺達と同じ練習メニューをする必要はない。やりたいならやっても構わない。もちろんこなせるとは思えないからほどほどにやればいい。その場合でも部員達や桜木と、同じ場所で練習をした一体感――言うならば青春的なもの――を得られるだろう桜木と」

恵梨花は無言でコクリと頷き、郷田は話を続ける。

「そして何も一緒に練習をするだけが、一体感を得る術《すべ》ではない——そう、マネージャーというものもある。想像してみてくれないか、桜木が我々部員を指導している姿を、ハナちゃんは後ろから眺《なが》めるのだ」

恵梨花は目を閉じた。そして満足感が込められた長い息を吐いた。

郷田はなおも恵梨花に語りかける。

「——そして休憩《きゅうけい》のタイミング。ハナちゃんは桜木にそっと駆け寄って、タオルを渡す」

「まあ、素敵」

恵梨花はウットリとしながら、乙女《おとめ》が祈るように両手を組んだ。

「ただ、マネージャーをする場合だったら、食事の用意など他の部員の世話も頼みたいところだ。ああ、ハナちゃん一人に任せるということはない。女子部員が中心に手伝ってくれる。部の合宿という手前、桜木のマネージャーだけをやっていたら、流石《さすが》に部員達から冷ややかな目が向けられるだろうから——桜木が」

その場合の様子が、亮には手に取るようにイメージ出来た。

頼まれたとはいえ、参加した合宿に彼女を連れて、自分の世話だけをさせたらさぞかし顰蹙《ひんしゅく》を買うことだろう。

「後は——そうだな。俺達は何も一日中、桜木を拘束するつもりはない。なにせ四日間だからな。桜木だって自分の稽古があるだろう。それは存分にやってくれたらいい」

「そいつは当然の話だな」

「ああ。一日中指導してくれとは言わん。時折、指摘したり、乱取りの相手をしてくれたりするとありがたい。後は自分の稽古の時間に使ってくれて構わない」

「……ふむ」

「そしてハナちゃんが参加した場合の選択肢の一つとして、桜木の自由時間に、ハナちゃんが桜木から稽古をつけてもらうというのもありじゃないかと俺は思っている」

その提案は一考の価値ありかもしれないと、亮は郷田に感心した。

「え!?　私が亮くんから——!?」

「うむ。桜木は普段から自分の道場で指導しているのだろう?」

「ああ、まあな」

「その指導内容の中には、護身術もあると思っているのだが」

「ああ」

「ふむ。お前だってわかっているのだろう?　ハナちゃんが護身術を覚えた方がいいということぐらいは」

「まあ——そうだな。俺が一緒にいる時は問題ねえが、恵梨花が自衛出来るに越したことはない」

亮の言葉に頷いて同意を示す郷田。

「えーっと、私ってやっぱり護身術覚えた方がいいのかな……?」

予想だにしてない話を聞いたような恵梨花がそっと聞いてきて、亮と郷田は揃って頷いた。

「そっか……亮くん、教えてくれるの……？」

「ああ、恵梨花にやる気があるなら、いくらでも教えてやるよ」

「本当？　じゃあ、教えてもらおうかな……でも迷惑じゃないかな？」

「うむ。いいと思うぞ、ハナちゃん。その場合だと、君が護身術を教えてもらうという名目でついて行くことになるが、文句を言うやつなどおらんだろう。こっちが無理言って桜木の時間を貰ってる訳だからな」

郷田の言葉に、恵梨花は安心したようだった。

「それに運動部でないハナちゃんが一日中稽古なんて出来ないだろう。休憩がてら桜木のマネージャーをやるのもいいと思うぞ」

「あ、それいいかも——！」

恵梨花はすっかりその気になっている。そこで亮は遅まきながらに郷田を怪しみ始めた。

郷田のことをよく知っているとは言えないが、自分を合宿に参加させるために、このような搦《から》めて手を使うような男ではなかったはずだ。

（まさか……）

恵梨花に向かって頷いている郷田に、亮は眼鏡《めがね》をかけた美少女の幻影《げんえい》がニヤリと笑っているのが見えた。

「ふーん？　亮くん、ハナに教えてくれるの？　だったらこれ以上なく、安心して任せられるのだけど」

ここで華恵にまでこう言われてしまっては、ますます亮に逃げ場などなくなってしまう。

亮は最後の抵抗を試みた。

「ま、まあ、何だ。恵梨花に護身術の範囲で技を教えるのには何の躊躇《ためら》いもない」

「亮くん……」

恵梨花が感動したように亮を見る。

「ああ、だが、それはこの合宿でなくともいいはずだ……」

「あ――た、確かにそうかもだけど……」

恵梨花が未練たらたらにそう口にすると、郷田が静かに言ってきた。

「ハナちゃん。これは合宿なんだ。だから同じ宿舎に泊まったりする訳で、つまりは一足早く修学旅行のような気分を――」

「――亮くん、行こう!!」

恵梨花がこれ以上なく目を輝かせて、亮の手を取って揺さぶってくる。

亮は頬《ほお》を引き攣《つ》らせながら、なんとか口を動かした。

「な、なあ、恵梨花？　お母さんから許可を貰わずに決めていいのか？」

おそらく無駄《むだ》な抵抗だと思いつつ聞いてみると、恵梨花は小首を傾《かし》げた。

「ん――？　お母さん？」

「ええ、亮くんが一緒なら何も心配いらないわね」

「だよね」

頷いた恵梨花は、どうしてそんなことを聞くのかという顔で亮を見ている。

亮はガクッと肩を落とした。

「……桜木、お前、何があってそんなに信頼されてるんだ？」

郷田がボソッと聞いてきて、亮は苦笑を浮かべる。

「色々あったんだよ、色々……」

「そうか……まあ、それでだ、桜木。ハナちゃんはこう言ってる訳だが……合宿に参加してくれるか？　さっきも言った通り、一日中指導してくれとは言わん。たまに気づいたことを注意したり、乱取りの相手をしたりして欲しいのだ」

亮は長くため息を吐いた。

見渡せば、恵梨花はキラキラした目で見てきて、華恵はまるで自分の子供が頼られているのが嬉しいような、そんな顔をしている。美月は面白がってニヤニヤしている。

「わかったよ――いや、合宿の日っていつだ？　俺に予定が入ってたら流石に無理だぜ？」

「あ、ああ――日程は夏休みに入って、二日目だ」

「二日目な……」

亮がスマホでスケジュールを確認すると、用事はあっても亮でなければいけないというものではなく……つまりは都合がつけられるものだった。

「――運が良いのな、おっさん」

「！　ということは――!?」

「ああ、行ってやるよ」

「おお、ありがたい――!!」

郷田は立ち上がって、亮の手をとって感謝を示してきた。

「大げさな――言っておくが、この際だから俺は俺で稽古させてもらうからな」

「もちろんだ！」

「だけでなく、どうせならおっさん達には俺の稽古に付き合ってもらうぜ？」

「それは……俺達で相手出来ることなら問題ないが……いや、怪我は困るぞ」

「怪我はさせねえよ。じゃあ、その時に頼んだぜ」

「あ、ああ……」

亮は一息吐くと、ふと気づいて質問する。

「そういや、合宿費用はいくらだ？」

「ああ、それか。桜木とハナちゃんはいらんぞ」

「は――？」

「え、私もってどういうこと!?」

「ああ、桜木はこちらが指導を頼むために来てもらうからな。むしろ指導料を払うことを考えねばならんぐらいでな――だから、無料だ。かかる宿泊費に関しては部員全員での折半《せっぱん》だな。指導料としてお前の分の合宿費を部費から出すことに誰も不満を抱いていないぞ。そもそも泊まるのは民宿だしな。全員で折半すれば、大した額ではない」

「タケちゃん、私は？」

「ハナちゃんは桜木とセットで見られている。というより、ハナちゃんが来るようなことでもなければ、桜木が来ることは絶対ないと言われたのでな。だから、宿泊費は最初から二人分で計算しているから問題ない」

「……おっさん、それ、『言われた』って言ってるが、誰に言われた……？」

恵梨花はハッとし、郷田はギクリと肩を震わせ、目を逸らした。

「はあ……やっぱりか。もうそれでわかった。梓《あずさ》だな？」

亮が恵梨花の親友の名前を挙げると、郷田と恵梨花が同時に目を丸くした。

「恵梨花は不思議に思わなかったのか？　おっさんが俺を参加させるために、恵梨花を誘うなんて回りくどい真似するなんてって」

「！　そう言えば……」

恵梨花のこの反応は、それほど梓の考えた策にハマり込んでいたという証左《しょうさ》であろう。

「――ったく、あの女め……」

亮が悪態《あくたい》を吐くと、恵梨花が宥めるように言ってきた。

「も、もういいじゃない、亮くん。実際にこんな機会でもなければ、亮くんと合宿、なんて出来ないんだから――ね？」

亮が複雑な心境で眉を曲げていると、新たにリビングに入ってくる者が現れた。

「ただいまー」

大学から帰ってきた雪奈《せつな》である。

恵梨花と美月が「おかえり、ユキ姉」と言い、亮と華恵が「おかえり、ユキ」と揃って声を投げかける。

雪奈は亮と目が合うとニッコリとし、続いて郷田に気づいて、意外そうに目を丸くする。

「あら、剛くんじゃない。いらっしゃい、久しぶり――かしら？」

「お、お久しぶりです、ユキさん。お邪魔してます……」

そう言いながら、目に見えて浮き足立ったようにソワソワし始める郷田を訝《いぶか》しんで、亮は目で恵梨花に問う。

すると恵梨花は苦笑を浮かべ、ソッと亮の耳へ囁いた。

「タケちゃんの初恋、ユキ姉なの」

「……なるほど」

幼馴染《おさななじみ》と聞いてから、てっきりその相手は恵梨花かと亮は思っていたが、確かに郷田の恵梨花への態度は一貫して、そういったものを匂わせない、妹を見るようなものだった。

「ちょ、ハ、ハナちゃん、今、桜木に何を――？」

珍しく焦った様子の郷田に、恵梨花は「てへっ」といった感じで笑う。

「あはは、ごめんね、勝手に言っちゃって。それに言わなくても一緒にいたらすぐバレると思うけど？」

「……確かに」

「ぐっ……」

亮が同意すると、郷田が顔を赤くして唸る。

「……桜木、言っておくがな、この町内でこの家の美人三姉妹である雪月花と歳が近い男で、三姉妹の誰にも憧《あこが》れずに済んだ男などいないのだぞ」

「……な、なるほど」

郷田も例外ではなかったという話のようだ。

「亮さん、テスト終ったんですよね？　剛くんと一緒に何を話されてたんですか？」

雪奈がニコニコと寄ってきて、恵梨花とは反対の亮の隣に腰を落とした。

「……亮さん？　敬語……？」

郷田が雪奈の亮への態度を見て、ポカンとなる。

「テストなら終わったぜ。おっさんとは、剣道部の合宿の話をしててな」

亮がそう答えると、郷田があんぐりと口を開けた。

「ちょっと、亮さん、剛くんのこと、そんな風に呼んでるんですか？」

雪奈が笑って亮の腕をペシリと撫でるように叩く。

「え？　ああ……なんか、もう癖《くせ》になってな」

「ふふっ、亮さんったら」

雪奈がコロコロと笑っているのを見たからか、郷田が頭を抱えている。

「……桜木、その人はお前より歳上なんだぞ……」

亮が雪奈に対してタメ口だからだろう、地を這《は》うような声でそう言ってきた郷田に、亮が口を開く前に雪奈が先んじて言った。

「もう剛くん、そんな私だけ年増《としま》みたいなこと言わないでくれる？　それに亮さんには私からお願いして、今みたいに話してもらってるの。だから剛くんは気にしないで？」

雪奈は笑顔のままだったが、妙な迫力を漂わせていて、郷田は居住まいを正して返事をした。

「は――はい！　すみません……」

そうやって冷や汗を流しているのは郷田だけでなく、隣に座る亮と恵梨花と、未だ足元で寝転がっている美月もであった。

「それで、亮さん。剛くんと、どうして剣道部の合宿の話を――？」

そう問われて、主に郷田が中心となって、事情が説明された。

「――まあ、亮さんって剣まで達者《たっしゃ》だったんですか」

「いや、達者って言うほどじゃねえよ。弟子入りしてた期間だって短けえし」

「それでも、剣道部員達に指導出来るほどなんですよね？」

「細かい指導は無理だな。動きで変だと思う所の指摘や、乱取りして良い所、悪い所を言ってやるのが精々か」

亮は謙遜《けんそん》するが、それが出来るだけでも大したことだというぐらいは、素人でもわかる。

感心する雪月花三姉妹と華恵の前で、郷田が意気込んで言う。

「それこそがお前に頼みたいことだ――！」

「わかったって――言っておくが、俺にお優しい指導なんて求めんなよ」

「それについては神林から重々聞いて承知済みだ」

「――そうかい」

苦笑してため息を吐く亮の隣で、雪奈が頬に指を当てて「うーん」と何やら悩んでいる。

「ねえ、ハナもその合宿について行くのよね？」

「うん。亮くんがそこで護身術教えてくれるんだって」

「いいなー。ツキも、亮にいから教わりたいなー」

「いや、ツキは柔道を習ってるじゃねえか」

「じゃあ、亮にい、ツキに柔道の稽古つけてよ」

「……ツキは習ってるとこがあるんだろ？　そこで頑張れよ」

「むー……──？　あれ？」

「どうしたよ？」

亮がそう聞くと、郷田と恵梨花も美月と同じように、何かに気づいたような顔になった。

「え、亮くん、柔道も出来るの……？」

「……なんでそう思った？」

「え、だって……」

「ツキちゃんに柔道の稽古は出来ないとは言わなかったではないか──つまりはそういうことなのだろう？」

郷田が呆れたように言うと、亮は押し黙った末に、短く息を吐いた。

「少しだけな。みれ──うちの道場の内弟子《うちでし》で柔道から転向してきたのがいたんだ。そいつから遊びがてら嗜《たしな》み程度に、な」

「亮くんの──」

「──嗜み程度、か……」

複雑そうに呟いた恵梨花の続きを、郷田が真剣な顔で口にした。

「えー！　じゃあ、亮にい柔道出来るんじゃん！　ツキに稽古つけてよ!!」

「いや、だからな、遊びがてらって言ってるだろ。細かいルールなんて知らねえし、ツキみたいに正式な柔道の大会とか出てるやつに教えたら、きっと面倒なことになる。だから諦めろ」

「えー!?　そんなこと言わないでさあ!!」

美月が足を掴んでユサユサ揺さぶってくるので、亮はため息を吐いた。

「……また今度、気が向いたらな」

「本当!?　やったー!!」

ようやく立ち上がって、小躍りし始める美月に亮が苦笑していると、華恵がやれやれと首を振っている。

「もう、ツキったら。亮くん、無理しなくていいのよ?」

「いえ……気が向いたら、ですので」

「――ああ、そういうこと」

クスリと面白がるように笑む華恵に、亮は肩を竦《すく》めた。

「あのー……亮さん、剛くん」

何か考え込んでいた雪奈が、小さく手を上げて控えめに声をかけてきた。

「……どうした、ユキ?」

「なんでしょうか、ユキさん」

亮と郷田に目を向けられた雪奈は、複雑に眉を曲げ、言い難そうに口を開いた。

「その合宿なんですけど……私もついて行って、ハナと一緒に護身術を教えていただくのはダメでしょうか」

その提案に亮、恵梨花、郷田はポカンと口を開いた。

◇◆◇◆◇◆◇

「恵梨花ー！」

恵梨花は今日の待ち合わせ相手であり、小学校からの友人である折原香《おりはらかおり》を見つけて、手を振りながら駆け寄った。

今日は郷田が藤本家を訪れた日の週末の日曜日、以前香と約束していたダブルデートの日である。

「香ー！」

その時にはまだ、香の隣に立つ彼氏だろう男の顔はよく見えていなかった。

香は前に会った時と違って、髪型がショートボブに変わっていたが、それもよく似合っていて相変わらず可愛かった。

「ひっさしぶりじゃん、恵梨花！」

「本当、久しぶりね、香」

二人して笑顔でキャッキャと手を取り合って、軽く近況を話しながら喜び合う。

「――はは、香。そろそろ俺のことも紹介してくれないか」

香のすぐそばに立って、二人がはしゃいでいるのを苦笑して見ていた男が、そう言って入ってきた。

「あ、ごめーん、淳也《じゅんや》さん！　恵梨花、この人が私の彼の、山本《やまもと》淳也さん。私達より二つ年上の大学生よ」

紹介された男は背が高く、スラッとしていて格好いい人であった。

恵梨花は会釈《えしゃく》しながら、挨拶《あいさつ》を交わす。

「初めまして、藤本恵梨――花――……です」

恵梨花は途中で男に見覚えがあるような気がして言い淀《よど》み、そして少ししてから思い出した。

「――はは、無理もないけど、やっぱり俺のことなんて覚えてないか、藤本さん」

淳也は苦笑して、恵梨花を見据える。

その時、気のせいか恵梨花の背筋にゾクッとしたものが走った。

「えっと――いえ、覚えてます……」

恵梨花と淳也のそんな微妙な雰囲気の様子に、香は頬を引き攣らせていた。

「えーと……あれ、もしかして、いつもの……？」

「えっと、いつものって言われても……」

恵梨花がそう返すと、淳也がなんでもないように言った。

「俺もいつものが何かわからないけど、そう複雑なことじゃないよ。俺が過去に藤本さんに振られたことがあるってだけさ」

そう、恵梨花の記憶が確かなら、一年前だっただろうか。学校の帰りに、電車で声をかけられ告白され、恵梨花はいつものようにお断りしたのだ。

今の状況において、なかなかに複雑だと思われることをサラッとそう口にした淳也。

恵梨花がそっと横目で香を見ると、香は苦い顔をして肩を落としていた。

「はは、でももう過去のことだろ？　俺は今、香が好きで香と付き合ってるし、藤本さんだって彼氏がいて……そういえば、その彼は？　一緒に来てないのかい？」

「そういえば、いないじゃん。恵梨花の彼は？」

香は淳也の言葉に元気を取り戻して、恵梨花に亮の所在について尋ねた。

「ああ、それがね。少し遅れそうだから、先に待ち合わせ場所まで行っててくれって──ごめんね？」

恵梨花は二人に向かって、手を合わせて謝った。

「ふーん？　どれぐらい遅れそうなの？」

「えっと、数分ぐらいだと思うって言ってて。一緒にこっちに来る予定だったんだけど、直接向かうから先に行ってててって……もうすぐ来ると思うんだけど──」

恵梨花がそう言っていると、待ち合わせのこの場所、駅前のロータリーに赤と黒でカラーリングされたネイキッドのバイクがなかなかに大きな音を立てて進入してきた。

「――へえ、格好いいバイクだな」

音につられたのだろう、淳也が同じ方向に目を向けていた。

バイクを見た香が淳也に尋ねる。

「あれって、二人乗りできるやつなんですか？」

「そうだよ。やっぱりバイクっていいよな」

「そうですよね。でも、なんでバイク乗ってる人、スーツ着てるんだろ。珍しいですよね？」

「確かに珍しいね。けど悪くない――どころか格好いいと思うよ。やっぱり免許取りに行こうかな……」

「あ、そしたら、二人乗りしてツーリングとか出来ますよね？」

「そうだね。免許取ってすぐには無理だけど、行けるようになったら行こうか」

「本当ですか⁉　やった……！」

喜ぶ香に淳也は微笑んでいる。

そしてなんとなしに三人で動いているバイクを見ていると、そのバイクが近くまで寄ってきたかと思えば、三人の真ん前で停まったのである。

何事かと目を瞬《しばた》かせる三人の中で、恵梨花だけがそこからの反応が違った。

「……え？」

バイクを見た時からどこか既視感を覚えていた恵梨花は、ここでまさかと目を丸くした。

そしてバイクの乗り手であるスーツを着た男が、バイクと同じく黒と赤でカラーリングされているフルフェイスのメットを脱ぐ。寝ていた髪を浮かせるためもあるのだろう、くたびれたように頭を振ってから、声をかけてきたのである。

「――悪い、遅くなった恵梨花」

亮だった。

◇◆◇◆◇◆◇

ダブルデート前夜のこと――

「むふふふふ……くふふふふ……」

机に向かって腰かけていた折原香は、明日のダブルデートの詳細を決めるために、恵梨花とメッセージをやり取りしていたＲＩＮＥの画面を見ながら不気味な笑みを浮かべていた。

「ぬっふっふ……今度こそは私が勝ち誇《ほこ》る番よ、恵梨花……！」

香はなおもニヤニヤとしていたが、口から出る言葉にはなかなかに強いものがあった。

「自慢してやる……自慢してやるからね、恵梨花。待ってなさい……‼」

香以外誰もいない部屋で、彼女は鼻息荒く一人呟いていた。

「明日のダブルデートで、私の彼の方が素敵だって思い知らせてやるわ……！　オーホッホッホ！　オーホッホ――！」

独り言に止《とど》まらず高笑いを上げる彼女について、誤解なく述べておくと、香は恵梨花のことを嫌っている訳ではない。むしろ大好きな友人だと思っている。

では何故、彼女がこのように恵梨花に勝ち誇ることを想像して、一人高笑いをしているかというと、香と恵梨花には浅からぬ因縁――と言うほどではないかもしれないが、少々拗《こじ》らせているものがあるためだ。

折原香という少女が「あれ、私ってけっこう可愛い？　イケてる？」と思ったのは、中学校に入った頃だ。

これだけ聞くとただの自惚《うぬぼ》れのように思えるかもしれないが、実際に彼女の容姿は優れていた方で、クラスメイトの大半の少女を上回っていたのは事実だった。

そして思春期に突入したばかりの香は同年代の多数に漏《も》れず、彼氏というものに憧れ、素敵な男の子とお付き合いする自分を想像しては胸を高鳴らせた。

そんな香であるが、前述したように彼女の容姿は優れている。なので、香は素敵な男の子とお付き合いする自分を、単なる理想で終わらせることなく実現させることは、難しいことではないと思っていた。

そう――思っていたのである。

香は胸に抱いている憧れを実現するべく動いた。

評判の良い男子、格好いい男子の話を聞けば、その男子のいるクラスに行き、ターゲットの近くにいる女の子に話しかけ、その流れで男子に話しかけてとアプローチを積極的に行った。

違うクラスの可愛い女の子が話しかけてくるのだ。ハッキリ言って効果は抜群だった。ターゲットの男子が香のことを意識するのにそう時間はかからなかった――が、香は致命的なミスを犯していた。

そのミスに気づいていなかった香は、満を持してターゲットに告白を行った。

『ごめん――俺、藤本さんのことが好きなんだ』

――そう、そのミスとは、香は自分のとは違うクラスに行くのに一人では心細かったために、小学校からの友人で、その当時のクラスメイトでもある恵梨花を伴っていたということだ。

この頃の恵梨花の容姿は、写真を見た亮から『女神になりかけの天使』と言われていた。ちょっと訳がわからないものであるが、その強烈な可愛さは伝わるものと思われる。

香が積極的に話しかけて彼女を意識した男子生徒だが、そのすぐ横にいる恵梨花に見惚《みと》れずにはいれなかったのである。

それどころか、恵梨花は付き合いでそのクラスに来ていただけにもかかわらず、そのクラスの男子を根こそぎ魅了してしまっていたのである。

という訳でフラれてしまった香であるが、恵梨花を恨むことなどしなかった。冷静に考えれば当然の結果だった。

小学校の時でも恵梨花と同じクラスだった香は、隣のクラスも含めた男子全員が恵梨花に首ったけだったことを知っていたのだから――そのせいで、香を含めた女子達は自分の容姿を意識することもなかった、という事実もあった。

己《おのれ》の敗因を悟《さと》った香は同じ轍《てつ》を踏まなかった。次に標的と定めた男子のクラスに行く時にはもう恵梨花を連れて行くことはしなかった。

だが、それをするにはもう遅かった。

当時の香のクラスと彼女の最初のターゲットのいる男子のクラスは、廊下の端と端に位置していた。つまり休み時間の度に香は恵梨花を伴って、同学年の全てのクラスの前を横切っていたのである――何度もだ。

それが何を意味するかというと、入学式の時から、ただでさえその奇跡的な容姿で噂になっていた恵梨花を、同学年のほとんどの男子の目に何度も触れさせてしまったのだ。それも、友人である香と楽しげに笑って話す恵梨花をだ。付き合ってなお、亮を魅了してやまない恵梨花の笑顔をだ。

後はもうお察しの通りだ。香が一人目のターゲットにフラれた頃には、実に学年の九割の男子が恵梨花に魅了されており、恵梨花に告白する男子が後を絶たない事態になっていた。

当然、香が次にターゲットにと定めた男子もその内の一人となっていたのである。

だけでなく、恵梨花を連れ回したせいで、学年の男子の目に触れさせ魅了させてしまったことに対して、香は同学年の女子から軽く戦犯扱《せんぱん》いされてしまった。

普通なら恨みは恵梨花に向きそうであるが、当時の恵梨花には天使の如《ごと》き純真さ溢れるオーラがこれでもかと漂っており、そうしたマイナスの感情を向けるなどとてもできなかった。

また、それだけでなく、連日呼び出されて告白されてホトホト参っている状態だったために、それが同情を生み、恨み妬《ねた》みは最低限に止まっていたのである。恵梨花の人柄の良さも恨みを向けられるのを免《まぬか》れた要因の一つだろう。

そんな訳で同学年の女子からの恨みを受け、香はあわや村八分に陥《おちい》りかけた。だが香のせいで一番迷惑をこうむっていると言える恵梨花自身が、香への態度を一切変えなかったため、危うい事態は避けられたのである。

香は恵梨花に感謝しつつ反省したが、彼氏をゲットすることは諦めなかった。

だが、同学年の男子はもう既に全滅と言っていい。ならばと、香は次なるターゲットを年上から選ぶことにした。考えてみれば、年上の彼の方がなんとなく良かった。

しかしながらそれも失敗に終わる。なぜなら――

『ごめん、俺、藤本さんが好きなんだ――あ、姉の方ね』

二学年上には恵梨花の未来を思わせる姉、雪奈がいたのである。

その学年の男子は既に雪奈に魅了されていたのだ。だけでなく、年上に興味のある一学年上の男子達もだった。学年が上でも年下好きの男子達は、やはり恵梨花に釘付けになっていた。

気づいた頃には学校の男子は、恵梨花派か雪奈派に分かれていたのである。

しかしながら香はめげずにアプローチを繰り返しては告白をした。何故ならいくら恵梨花や雪奈に惚れようとも、フラれたのなら諦めなくてはならず、そうなれば自分にチャンスが回ってくると考えたからだ。

この頃になると藤本姉妹に一度フラれるのはこの中学校の男子の通過儀礼《つうかぎれい》みたいになっていて、香はそういった男子を中心に狙った。

実際、フラれ済みの男子と付き合った女子は少なくない。ならば自分も、と奮起するのは当たり前であった。

しかしながらどうにも上手くいかず、フラれる日が続く。だが、フラれるだけならまだしも、時にはこんなことを言われることもあった。

『ごめん、俺、やっぱり藤本さんが好きで——そういや、君って藤本さんと仲良かったよね？　出来たら仲介してくれないか——ゲブ⁉』

男子がそう言ってる途中で、香は思わずアッパーカットを繰り出していた。

そうして雪奈が卒業し、香が二年生に上がった時には年下の彼氏も悪くないかもしれないと、良さげな新入生の男子にアプローチを仕掛けようとも思ったが、やはり恵梨花に魅了されている者が多かった。

そして一年後の三年生になると、雪月花の末っ子、美月が入学して————以下略。

受験を控えた香は決心した。恵梨花と違う高校に行こう、と。そして格好いい彼氏を作ろうと。

そんな彼女は己を磨くことをやめなかった。結果、高校に入学すると今までの経験が嘘《うそ》であるかのように彼女はモテたのである。

自分はやはりイケていたのだと香は思いを新たにしたが、どうにも想定以上にモテて戸惑った。

何故だ――と考え、友人に合コンに誘われ参加していく内に、彼女は悟った――悟ってしまった。

合コンに参加する度に、容姿が見劣りする女の子を引き立て役として誘う友人と、誘われた女の子が並んでいる姿を見て気づいてしまったのだ。

恵梨花という輝かんばかりの大輪の花が横にいたから、自分への注目が少なかったのではないかと、あまり可愛く見られなかったのではないかと。

そのことに気づいた香は愕然とした。

察しているかもしれないが述べておく。香はちょっとアホである。気づくのに少し――いや、かなり遅かった。が、手遅れではなかった。何故なら恵梨花と違う高校を選んでいたのだから。

香は小学校の時から中学を卒業するまで、何の因果かずっと恵梨花と同じクラスでずっと仲の良い友人として一緒にいた。

恵梨花の隣を離れることで、香の容姿はようやく陽の目を浴び――いや、正当な評価を受けたのだ。

そうして何故、自分が彼氏を作れなかったのか。その原因がわかっても、香が恵梨花を恨むことはなかった。

何故なら、恵梨花に香の恋路の邪魔をしようという意図がなかったのはわかりきっているし、何より香は恵梨花が好きだったからだ。どれだけモテてもそれを一切鼻にかけず、さらには優しくて可愛くてユーモアもある恵梨花と一緒にいた時間は本当に楽しいものだった。

「そう……恵梨花、あなたは本当にいい友達よ……？　私よりちょっと――どころでないぐらい可愛くて、優しくて、面白くて、成績も良くて、運動神経も良くて、女子力も高くて……そう、全てにおいて……お、い、て――」

香は自分で口にしながら軽くヘコみつつ、歯を食いしばった。

「――そう、全て負けてるけど、何か一つぐらいは勝ちたいのよ――!!」

拳を握った香は、天井に向けて吠えた。

「恵梨花、あなたは何も悪くない。ええ、悪くないわ。今でも大好きなのも変わらないわ――ああ、電話した時の恵梨花、可愛かったわ」

首を振りつつしみじみと一人呟いた香は「でもね――」と付け加えた。

「このままじゃ、私の女としてのプライドはズタズタなままなのよ――！」

そう、香の心境はこれに尽きるのだ。

「だから……だから、ゲットした彼氏の素敵さでは勝たせてもらうわよ!!」

香がダブルデートを考えたのはこのためである。

「――あと、やっぱり久しぶりに会う恵梨花の可愛さも堪能《たんのう》したいし～」

なんだかんだ言って彼女も恵梨花の魅力に参っている一人である。彼氏のこと関係なしに、恵梨花に会いたいのだ。

「けど、今回ばかりは勝ち誇らせてもらうわよ、恵梨花!!」

鼻息荒く、ふふんと笑う。

恵梨花と同じ高校に行った同中の友人から香が聞いている話では、恵梨花をついに陥落《かんらく》させた男というのは、どうにもダサい眼鏡をかけたパッとしない冴《さ》えない感じで、良い評判も聞かない人物らしい――もっとも、これは恵梨香たちが付き合い始めた頃に聞いた話で、今はもうちょっと周囲の亮の評判は良くなっている。それに加えて、香の耳には泉座《せんくら》での噂は入っていなかった。

対して香の彼氏は年上の大学生で、運動神経も良く、家はお金持ちだ。しかも、本人はそれに甘えることなくバイトもして自立精神もあり、勿論高校生とは違う包容力と落ち着きも兼ね備えている。

「ふっふっふ――勝った！　勝ったわ!!　今回ばっかりは私の勝ちよ、恵梨花!!」

堪《たま》らず香は今日、何度目かわからない高笑いをする。

「もし悔しがってたら私が優しく慰《なぐさ》めてあげるわ！　オーホッホッホ！　オーホッホッホ――――！」

「――香!!　さっきから何不気味な笑い声上げてるの!!　何時だと思ってるの!?」

「ご、ごめんなさーい！」

香はちょっと——いや、結構残念な子である。しかし悪い子ではないのは保証しよう。

◇◆◇◆◇◆◇

ダブルデートの待ち合わせ場所である駅前のロータリーに、恵梨花の興奮した声が響く。

「キャー!? ちょ、ちょっと、なんで!? 亮くん、なんでバイクなの!? なんでスーツなの!? え、なんでバイクなの——!?」

「ちょ、ちょっと、落ち着けって恵梨花」

「もう、ちょっと、なんで!? 本当、もう——やだ、格好いい——!!」

友人である恵梨花が、突然現れた、彼氏らしい男に興奮して詰め寄っている。それを、香は頬を引き攣らせながら見ていた。

（嘘でしょ……あれが恵梨花の彼……!? 話に聞いてたのと違って、普通に全然格好いいじゃない!? しかもスーツ着てバイクで遅れて登場って何なの……!? ……てか、スーツはすごく高級そうだし、バイクも格好いいし、両方とも似合っててすごく画《え》になってるし……! 恵梨花なんてわかりやすいぐらい目がハートになってるし!! ……ああ、恵梨花、可愛い）

横目でチラと自分の彼である淳也を見ると、香と同じく頬を引き攣らせていた。

それが今の恵梨花の騒ぎっぷりを見てなのか、色々と突っ込みどころのある彼氏に対してなのか香にはわからなかった。

「なんか……色々とすごそうな彼氏が来ましたね」

香が淳也にそっと言ってみると、淳也はハッとして、無理しているのがわかる微笑《びしょう》を浮かべた。

「そ、そうだね……まさか、たまたま見てたバイクに乗ってるのが、待ってた相手だなんて……ね？」

香は無言でコクリと頷いた。

「しかし、あの藤本さんが、あんな風に興奮するなんてね……彼女にもあんな一面があったんだね」

「あー……そうですね、かなり珍しい方だと思います」

自分の彼である淳也が恵梨花について話すのは色々複雑な気持ちになるが、香はそれについては深く考えないことにする。

しみじみとしたように「やっぱりか」と頷く淳也を横目に、香が恵梨花を見ると、バイクにまたがる亮の周りをグルグル回りながら、スマホで写真を撮っていた。

「今度はこうヘルメット抱えてみて！　そう！　あ、足はもっとこう――」

しかも亮への指示が細かい。来た時には既にどこかくたびれていたように見えた亮は、げっそりしていた。

（……てか、どういうことよ。本当に聞いてた話と全然違うじゃない!?　ダサい眼鏡はどうしたの⁉　パッとしてないんじゃないの⁉　冴えない感じ――はあるけど、あれは疲れてるだけよね……）

改めて見てみても、聞いてた話のようには見えない。バイクやスーツというオプションを除いてもだ。そしてハッと気づく。

今日のダブルデートの目的は恵梨花の彼より、自分の彼の方が素敵だと自慢することであるが、果たしてそれは叶うのだろうか。

香は横目で淳也を見てみる。少し険しい顔をしているが、香がいつも思う通りにイケメンだ。

（う、うん、負けてない――！）

さらには年上というアドバンテージもある。高校生とは違って大学生なのだ。大人な一面で圧勝して、きっと恵梨花も羨《うらや》ましがるはずである。

（そ、そうよ。恵梨花だって、年上の良さを羨ましがるはずよ――！）

自信を取り戻した香は安堵の息を吐くと、撮影が一段落した恵梨花に声をかけた。

「ねえ、恵梨花ー？　その人が彼なのよね？　いい加減、紹介してくれない？」

すると恵梨花は我に返り、誤魔化《ごまか》すような笑みを浮かべ、亮の方はホッとした顔になり、香へ感謝がこもったような視線を送った。

「あ、あはは――ご、ごめんね？　――えっと、私の彼の桜木亮くんです」

恵梨花が嬉しそうな顔をして亮を手で示す。

（もう、やだ可愛い、恵梨花……）

「あー、どうも、遅れてすまない。桜木亮だ」

紹介された亮がペコリと頭を下げる。

「いや、気にしなくていいよ。山本淳也だ」

「私は折原香！　今日はよろしくねー」

淳也と香が自己紹介を返すと、亮は「よろしく」と会釈する。

「あ、そうそう、この人、私達より二つ上の大学生だから！」

香が付け足すと、亮は「ああ、年上か……」と納得したように頷いた。

「あまり年上だなんて気にせず、楽な口調で話してくれていいから。でないと、疎外感《そがいかん》を覚えそうだしさ」

淳也が爽《さわ》やかに告げると、亮はあからさまにホッとしたような顔になった。

「ああ、そりゃ助かる。改めて、遅れて悪かった」

亮が本当に遠慮《えんりょ》なくタメ口で話しかけてきたのに、香は少し驚いた。

恵梨花など「もう……」と言いたげに肘で亮を突いている。

淳也は笑顔だが、亮の言葉に少しピクッと反応したように見えて、香は少し焦った。

「――て、てか、恵梨花さ、さっきのあんた、完全に私達のこと忘れてたよね？　一体どれだけ彼氏に夢中になってんのよ！」

香が場を和《なご》ませるように冗談っぽく言うと、恵梨花は気まずげに口を動かす。

「ご、ごめん――だって、亮くんが不意打ちみたいにスーツを着てくるし、おまけにバイクなんて乗ってくるし――」

「なに？　じゃあ、やっぱり恵梨花も彼がバイクに乗ってくるって知らなかったの？」

「そ、そうなの！　知らなかったの！　どころか免許持ってることも、バイクも持ってるなんて知らなかったの!!」

「え……何それ。付き合ってるんじゃないの、あんた達……？」

「つ、付き合ってるわよ!?　でも、ねえ!?　香もそう思うよね!?　ねえ、なんで教えてくれてなかったの、亮くん!?」

恵梨花が興奮しながら問いただすと、亮は気まずげに苦笑しながら頭を掻いた。

「いや、その、何だ……話すの忘れてた」

「もう！　また、それ――!?」

「い、いや、バイクは俺にとっては仕事に行く時に使うだけみたいなとこがあってだな、だから、なんだ、いちいち話すようなことでもないと思ってて――はは」

「もう！　亮くん、そんなんばっかし!!」

プンスカ怒る恵梨花と、タジタジとなっている亮の二人を、香は観察する。

（……仲は良いみたいね。彼氏の方、尻《し》に敷かれてる感あるけど、恵梨花のおかんスキルを考えたら仕方ないか……やだ、怒って頬を膨らましてる恵梨花も可愛い……）

そうして一しきり文句を言ったところで、恵梨花が気づいたように聞く。

「でも、なんで亮くん、スーツなの？　似合ってるし格好良いから私は全然いいんだけど……」

やっとその突っ込みが入ったところで、亮は苦笑いしながら口を開く。

「それがスーツの方はな……さっき恵梨花に言われて気づいた」

「……と言うと……？」

「ああ、それがな――着替えるの忘れてた」

恵梨花だけでなく、香も淳也も呆れた顔となった。

誤魔化すように苦笑を浮かべる亮に、恵梨花はハッとなった。

「え？　あれ？　じゃあ、もしかして亮くん、昨日バイト行ってから帰ってないの？」

「ああ」

「え、なんで？　夜には終わるって言ってなかったっけ？」

そう聞かれた亮は、重苦しいため息を吐いた。

「いや、それがな、手持ちの現金が少なくなってきたから、帰りに事務所に寄って給料を貰って帰ろうとしたら、溜まってる書類仕事片付けていけって言われて捕まってな……」

「しょ、書類仕事……？　亮くんが……？」

「ああ……なんで俺が評価表なんて書かなくちゃいけねえんだろうな……」

遠い目をして言う亮に、恵梨花はなんて声をかけたらと苦笑している。

（……さっきから、書類仕事だとか評価表とか……何のバイトなんだろ。バイトからそのままってことはスーツでバイト……？　高校生が……？）

そう不思議に思ってるのは香だけでなく淳也も同じようで、首を傾げている。

「あれ、家に帰ってないってことは……え、それ朝までやってて遅れたの!?　もしかして寝てないの!?」

恵梨花が心配そうにそう聞く。話を統合するとそうなるのだが、亮は首を横に振った。

「いや、そういう訳じゃない」

「え……？　じゃあ、どういう……？」

亮は「ああ」と頷くと、太陽に顔を向けて目を細めて言ったのである。

「――気づいたらキーボードの上で爆睡《ばくすい》してた」

恵梨花の体がズッコケたかのように傾いた。

香も内心ではそのような心境で、隣にいる淳也は苦笑していた。

「へえ、けっこう面白そうなやつみたいだな――藤本さんはそういうやつの方が好みだってことか……？」

ボソッと呟いたのが聞こえて、香はドキッとした。が、淳也が納得したような顔をしているのを見て、危惧《きぐ》したようなこととは違うようだとホッとした。

「はあ、もう、亮くんったら……それで起きたら時間が迫ってたってわけ？」

恵梨花が呆れを隠さず聞くと、亮は首を横に振った。

「いや、時間は余裕だった。けど、仕事の方がまったく終わってなくてな――」

「あ、そこから慌ててやって、この時間になったってこと？」

そういうことかと香も納得しかけたが、亮は再度首を横に振る。

「いや、そうじゃねえ。今からやっても時間ギリギリそうだったから、これは仕方ない、今度やろうとして――」

「亮くん――!?」

「いや、仕方ねえだろ？」

「え、えぇー？」

「ともかくだ。仕事は今度すればいいと判断した俺は、事務所にあるシャワーをまず浴びてだな」

「……」

恵梨花がジト目を向けるも、亮は気にせず続きを話す。

「いや、だって昨日風呂に入らずに寝てしまったしな？　……それから、着替えの服は事務所にないから一回家帰って着替えるか、と事務所出ようとしたら――」

「――したら？」

「……事務の人にまた捕まった。帰らずに俺を待ってたなんてな……」

無念そうな亮に、恵梨花が特大のため息を吐いた。

「それで、どうにも仕事終わらせるまで帰らせてもらえなさそうな雰囲気だったから――」

「当たり前でしょ!?　一晩中、亮くんのこと待ってたんなら!?」

「……帰ってたらよかったのにな。そしたら逃げれたんだが」

「そういうの良くなーい」

「……と、ともかくだ。それからなんとか仕事終わらせて、時計見たら――」

「私にメッセージ送った時間だったと」

「……うむ。んで、慌ててバイクかっ飛ばして来たら、結果として――」

「家に帰って着替えるのを忘れてたってこと……？」

「――その通りだ」

ふてぶてしい顔で頷く亮に、恵梨花は困ったように笑う。

「んー、もー、とりあえずお疲れ様！」

「おう。すまんな、遅れて」

「あと、スーツは……スーツは――もう、格好いい！」

亮の全身を改めて眺めていた恵梨花は、感極《かんきわ》まったように亮の腕に抱きついた。

（えぇー……ちょっと、こんなとこで何やってんのよ……てか、これは私達のこと……）

公衆の面前とは思えない距離感の二人に、香は呆れてしまう。

「恵梨花ー？　私達のこと忘れないでくれるー？」

隣の淳也と同じく頬を引き攣らせた香が呼びかけると、二人してハッとなって離れる。

（彼氏の方もかい――‼）

どうやらこの二人は似た者同士なのかもしれないと香は察し始めた。

「あ、あはは……」

誤魔化し笑いを浮かべる恵梨花の横で、亮は気まずそうに視線を逸らしている。

「えーっと、そうだ、とりあえず俺バイク駐《と》めてきた方がいいな……あっちに駐車場あったよな？」

「あ、うん、あったと思う――ごめん、香、ちょっと一緒に行ってきていい？」

「あー、うん。どうぞー、いってらー」

手を振って送ると、バイクを押す亮の横に恵梨花が並んで歩く――かと思ったら、恵梨花が走り出して、亮の前に立った。

何をしてるのかと見ていると、恵梨花はスマホを構えて、バイクを押している彼の姿を正面からパシャパシャと撮っているようだ。

（いや、うん、格好いいと思うけどさ……）

どうやら恵梨花は、相当彼氏に参ってしまっているということがよくわかった。

「なんか……藤本さんのイメージ変わったかも……」

淳也が複雑そうな顔をして呟くのを聞いて、香は苦笑する。

「淳也さん、恵梨花って確かに信じられないぐらい可愛いけど、中身は案外普通なんですよ？　あそこまで熱を上げているのは珍しいですけど……」

香は知っている。恵梨花は外見以外は割と普通な女の子であることを。外見が浮世離れした可愛いさだから、中身もとんでもないと思われがちだが、そうでもない。

「それは……確かにそうかもしれないね……」

淳也は変わらず複雑そうな顔をしているが、どこか納得したようにも見える。

「……やっぱり、まだ気になってるんですか、恵梨花のこと……？」

つい出てしまった疑問に、淳也はハッとしてから微笑んでみせた。

「――いや、まったく気になってないと言えば嘘になるけど、付き合いたいとか思ってる訳じゃないよ」

そう言って頭を撫でられ、香はホッとする。続けて淳也は口を開く。

「でも――」

「……でも？」

「……いや、なんでもないよ」

「……そうですか」

何を言おうとしたのか気になったが、濁《にご》した辺り聞いても答えてはもらえないだろう。

香は淳也が亮と恵梨花の方へ目を向けているのを見て、ふと気になった。

――どっちを見ているのかを。

◇◆◇◆◇◆◇

「あーあ、付き合って一ヶ月以上経つのに、免許取ってたこともバイク持ってたことも話してくれなかったなんてー」

バイクを駐車場に置いてから、香の元へ戻る中で恵梨花が冗談っぽく愚痴《ぐち》ると、亮は「うっ……」と唸った。

「わ、悪かったって。さっきも言ったが、本当に忘れてただけって言うか……な？」

頬を引き攣らせながら苦笑する亮に、恵梨花はジト目を向けた。

「……亮くんって、本当にそういうの多いよね」

「はは――すまんって」

「む……でも、亮くんらしいけどさ」

恵梨花が許してくれそうな雰囲気を出したので、亮はホッと安堵の息を吐く。

「ねえ、亮くんのあのバイクって二人乗りできるの？」

「ん？　ああ、出来るぜ」

「……それならやっぱりもっと早く知りたかったなー」

「うん……？　ああ、バイクで遠出したいってことか？」

「うん。色々出かけられるとこ増えるじゃない？」

「……言われてみればそうだな……」

本当に今気づいたような反応をする辺り、仕事でしかろくに使ってなかったようだとわかる。

「ふふっ。ねえ、あのバイクって亮くんがバイト代で買ったの？　高かったんじゃない？」

「うん？　ああ、俺が買ったんじゃないから、値段はわからねえな」

「えっ、そうなの？　もしかして借りてるの？」

「いや、違う。俺名義のだな」

「へえ、じゃあ、貰ったものなの？」

恵梨花がそう聞くと、亮が眉をひそめた。

「貰った……？　ああ……まあ、そう、だな。確かに貰ったことになるのか……？」

どうにも歯切れの悪い答えに、恵梨花は小首を傾げた。

「……どういうこと？」

「ああ、去年の誕生日を過ぎてから、バイト先で言われてな。免許を取ってきてくれって。いざという時に運転が出来ると出来ないとじゃ、かなり違うからって。身分証としてもあった方が便利なのはわかるから、面倒くさかったけど、教習代もあっちが持つからって言われてな。それで教習所に通った訳だ」

「ふんふん。教習代を出してくれるなんて、随分《ずいぶん》太っ腹じゃない？」

「まあ――な。で、免許が取れたタイミングで、バイト先の事務の方から、バイクのカタログか？それ渡されてな。んで、聞かれた訳だ。欲しいと思うのはどれか、ってな」

「……」

恵梨花は、まさかという思いで耳を傾けた。

「免許を取ったばかりだから、雑談の延長だと思った俺は、ページをパラパラめくってなんとなく気に入ったのを適当に選んだ。それで三日ぐらいしたら、アパートにあのバイクが届いたんだ」

あんぐり口を開ける恵梨花に、亮は続けて言う。

「流石に俺も驚いて、慌てて事務所に電話したら『これでいつでも仕事に駆けつけれますね。あ、仕事以外でももちろん使って構いませんよ――』だと。つまりは俺をこき使うためにあのバイクは届けられたという訳だ……まあ、貰ったと言えば貰ったと言えるかもしれん。そういう経緯だから、なんだ、こう――あのバイクをプレゼントのようには思えねえんだよな」

それは無理もない話と言えた。

「は、はは……亮くんのバイト先ってすごいね……」

恵梨花がそれだけ言うと、亮は疲れたように肩を竦めた。

「まあ、でも、バイクは乗ったら乗ったらでやっぱり気持ちいいもんだからな。ほとんど移動にしか使ってねえけど――けっこう気に入ってるぜ」

苦笑しながらのその言葉を聞いて、恵梨花は身を乗り出した。

「いいなー！　あ、ねえ亮くん、今日の帰り、後ろ乗っけてくれる？」

「ああ、別に構わね……あ、でもな――」

「え、何？」

「いや、ヘルメットが俺のしかねえなって」

「あ……そっか、二人乗りでもヘルメットは必須だったっけ……」

それでは今日は無理かと恵梨花が気落ちすると、亮は少し考えてから言った。

「いや……もうこの際だから、帰る前に適当なとこで、恵梨花用のメット買うか。バイクのこと話してなかった詫《わ》び代わりに、買ってやるよ」

「え？　そ、そんなの――」

「いいから。買わせてくれって。そうだよな、二人乗りしたら行けるとこが増えるもんな。それでちょっと連れて行きたいとこ思いついたから、今日もう買って帰ろうぜ」

亮にニヤリと笑って言われて、恵梨花は困った気持ちと嬉しさが混じった複雑な笑みを浮かべた。

「い、いいの……？」

「ああ。てか、最近、恵梨花の家で飯食ってるせいか、金の減りが少なくてな。その分、お母さんに食費渡そうとしたんだが、受け取ってくれねえし。『それはデートにでも使いなさい』なんて言われてな。だから、遠慮するな。いや、本当に藤本家に還元《かんげん》させてくれ」

「う、うん――わかった、ありがとう」

「ああ、受け取ってくれると俺も助かる」

「ん――それで、連れて行きたいって、どこ――？」

恵梨花がソワソワしながら亮が口にしてから気になって仕方ないことを聞くと、亮は悪戯《いたずら》っぽく笑った。

「そいつは行ってからのお楽しみ、だな」

「え、ええー？」

「はは、この季節ならではのとびきり場所でな、楽しみにしとけよ」

恵梨花はからからと笑う亮の腕を、思わず引っ張った。

「そ、そんなこと言われたらますます気になっちゃうじゃない！」

「おう、気にしとけ気にしとけ。その方が楽しみも大きくなるぜ？」

「もう――！」

どうあっても今は教えてくれないことがわかると、恵梨花は行き場のない感情をぶつけるように、亮の腕を強く揺さぶった。

「はあ――あ、早く香のとこ戻らないと」

「ああ……いや、ちょっと、そこのコンビニ寄らせてくれ」

「ええ？　なんで？　もうけっこう待たせてるよ？」

「適当におにぎりでも買いたい。起きてから何も食わずに仕事したり、バイク乗って来たりしたから、腹減って死にそう……すまん」

言ってるそばから亮の腹が盛大に鳴って、恵梨花はため息を吐いた。

これは何か食べさせないと、まともに動けそうにないとわかったからだ。それはこれからのダブルデートでのことを考えたら、非常に良くないことである。

「……メッセージ送っておく。もうちょっと待ってって」

この日の目的であるダブルデートはまだ始まってすらいない。そのことに気づいた恵梨花は少し気が遠くなった。

◇◆◇◆◇◆◇

バイクを駐めに行った二人を待つ香のスマホに、恵梨花からのメッセージが届いた。

内容はコンビニに寄らせてもらうというものだった。どうも彼氏は朝ご飯を食べずに来たみたいで、このまま食べないままでいると、ろくに動けなくなりそうだとのこと。そして文面からはこれでもかと申し訳なさと謝罪の気持ちが伝わってきた。

(朝ご飯抜いたぐらいで……？　別にいいけどさ)

香は怪訝《けげん》に思いながらも、淳也に話しかける。

「淳也さん、恵梨花からＲＩＮＥでメッセージ来たんですけど――」

香が内容について簡単に説明すると、淳也は露骨《ろこつ》にではないが、顔に不快さを滲《にじ》ませた。

「……遅れて来た上にコンビニに寄って待たせる、か……」

「は、ははは……ちょ、ちょっと『えー？』ってなりますね……悪気はないんでしょうけど……」

香が愛想笑《あいそわら》いを浮かべて恵梨花をフォローすると、淳也は浮かんでいた不快さを消して、困ったように微笑んだ。

「別に怒ってる訳じゃないよ。もちろん、香にもね。それに、話聞いてたから遅れて来たことに悪気がないのはわかってるし」

「そ、そうですか……」

香はホッと胸を撫で下ろした。

「ただ、何だろうね。藤本さんの彼氏の子、藤本さんなんて美人と付き合ってる割にだらしないところあるんだなと思って……それが意外でさ」

「あー……なるほど」

恵梨花だけでなく、藤本家三姉妹の雪月花は恵梨花と香の住む町では、知らぬ者などいないほどの有名人で、外を歩けばひっきりなしに芸能界やモデルなどのスカウトから声がかかる。

そんな特別な美少女と付き合っているのだから、その辺を意識してもう少ししっかりしたらどうかと言いたいのだろう。

香も似たようなことがチラッと脳裏によぎったのだから、間違いないはずだ。

「その点、淳也さんって色々としっかりしてますよね。今日だって遅れてませんし、いつも待ち合わせでは私より早く来てくれてますし」

これは淳也の機嫌を取るだけでなく、ここにはいないが、恵梨花への優越感を満たす己への言葉でもあった。

「はは、これぐらいで、しっかりしてるなんて言わないよ」

そう謙遜《けんそん》するが、やはり言われて悪い気はしなかったようで、淳也の声から険しさが薄れた。

(むっふっふ……登場時のインパクトでは負けたかもしれないけど、マナーでは圧勝よ！)

実際、香が思った通り、亮にマナーという点で勝ち目はないだろう。

香が高笑いしたいのをグッと堪《こら》えて、淳也と雑談をしながら待っていると、少し歩いた先にある地下駐車場の入り口から、恵梨花と亮の二人が現れたのが見えた。

そして恵梨花がブンブンと手を振った後、近くのコンビニを指差す。そこに寄るというジェスチャーだろう。

香が頷いて返すと、亮は軽く会釈し、恵梨花は両手を合わせてペコペコしながら二人はコンビニへ入って行った。

それから二分もした頃か、たっぷりと膨らんだ大きな袋を手に持つ亮と恵梨花が出てきた。

「……気のせいかな、結構な量を買っているように見えるんだけど」

「……私もそう見えます……朝ご飯以外にも何か買ったんですかね？」

そうでなければ、全部食べ終えるのにまた待たされるのではないかと、香と淳也が口にせずともその思いを共有した時だ。

こちらに向かいながら歩いていた亮が袋から、おにぎりらしき包みを取り出し、手早くそれを開封すると、大口を開けて食べ始めた。

待たせる時間を少しでも減らすためだろうと思って見ていると、気づけば亮の手にあったはずのおにぎりは消えていた。

「え、あれ、今、おにぎり消えませんでした……？」

「……食べたのか……今の一瞬で……？」

香と淳也がそれを訝しんで注視していると、亮はまたおにぎりらしき包みを袋から取り出し、開封して食べ始める。それと同時に、恵梨花も袋の中に手を入れて、おにぎりを取り出し、包みを開け始めた。

「……藤本さんも食べるのか？　外で？　歩きながら？　コンビニのおにぎりを？」

淳也が意外そうに口にするのを香も同じ思いで耳にしていると、恵梨花は開封したおにぎりを亮に手渡した。

そして食べ始める亮、加えてまた袋に手を入れておにぎりらしきものを取り出す恵梨花。

食べる亮、袋から取り出して開ける恵梨花、受け取って食べる亮、袋に手を突っ込む恵梨花……

が何度も繰り返される。

「……え、ちょっと待て。あのペースで全部食べてるのか……⁉」

「みたいですね……それも恵梨花が一個開けるより、彼が食べてる時間の方が短いです。恵梨花の開けるスピードが追いついていてません」

香の言った通り、恵梨花がおにぎりを開封する時間より、亮が一個食べ終える方が早い。

だが、それは恵梨花の開封する時間が遅い訳ではない。おにぎりが亮の口の中に消え行く早さに目が行くが、よくよく見れば恵梨花がおにぎりを開けるスピードもかなりのもので、明らかに手馴れているとわかる。

香と淳也がそれらの事実に驚愕しながら待っていると、恵梨花達が目の前に来る頃には、亮の手にある袋は頼りなげに風に揺られ始めた。

「……何個食べてた……？」

「十個以上は確実に食べてたと思います……」

淳也が二人に聞かれないために、香も同じ調子でそう答えた。

十個以上……？　と淳也が愕然と呟くのを耳にしたところで、少し居心地の悪そうな顔をした恵梨花が渇いた笑い声を上げた。

「あ、あははは、ご、ごめんね、待たせちゃって……」

「う、ううん、コンビニに行った時間ぐらいしか待ってないし……」

言いながら香は亮の手にある袋を、淳也と一緒にチラと見る。空っぽだった。

食べる時間は待たずに済んだようだという言外のメッセージを受け取った恵梨花は、より居心地悪そうに縮こまった。

そうやって恵梨花が恥ずかしそうにしているのは、亮の食べるスピードか、はしたなく彼氏が食べ歩きをしたことか、食べた量か、はたまた全部なのか……そればっかりは聞かないとわからないことであったが、香は情け故《ゆえ》に聞かないことを選んだ。

「あー、その、なんだ、初めて会ったってのに、遅れた上にさらに待たせてしまってすまない」

亮が頭を掻きながらペコリと下げる。

「あーいいよ、いいよ。朝ご飯を食べないと辛いって人っているしね！」

香が明るく手を振って答えると、淳也が同意するように頷いた。

「ああ、気にしなくていいよ」

気のせいか、先ほどよりも顔色の良くなった亮が、ホッと安堵の息を吐く。

「そう言ってくれると助かる。ともかく悪かったよ」

その言葉には心がこもっており、淳也は少し意外そうに目を瞠《みは》ってからふっと笑った。

「ああ」

そこで恵梨花もホッとしたように大きな胸を撫で下ろしていた。

（……よく見たら、また大きくなってるような……一体どこまで成長するというの……）

香は未だ戦闘力《バスト》を上げ続けている恵梨花に慄《おのの》いた。

「それで、えーと……今日はどういう予定なんだ……？」

ゴミも入っているコンビニ袋を丸めて握りしめながら、亮が恵梨花へ声をかけた。

今それを聞いている辺り、今日の予定をまだ聞いていなかったのだろうと香は推察した。

「あ、うん、それなんだけどね、あっちの方に行ったらショッピングモールあったじゃない？　そこでお店ブラブラ見てから、ランチに行こうかって予定。その後どうするかは、またお昼にでも決めようかってところ」

「ふーん、そうか、了解」

亮が拳をグッと握りながら返事をするのを見てから、香は違和感を覚えた。

（あ……れ……？　あのおにぎりの包み紙とかも入っていた袋はどこに行ったんだろ………？　え、あの拳の中とかじゃないよね……？　いやいや、どう見ても何も入ってない握り具合でしょ、あれは）

香が見た限り、亮が今グッと握った拳は、中に何かが入っているとは思えなかった。

それが気になってるのはどうやら香だけだったようで、淳也が気にしているようには見えない。

（えーと……袋はどこ行ったんだろ……？　ちょ、ちょっとその拳、開いてくれないかな……）

香のそんな疑問は果たして明かされることなく、亮がポケットに手を突っ込んだことで、その機会は失われてしまった。

（ああ……⁉）

香の内心の嘆きなど露《つゆ》知らず、ふと気づいたように亮が淳也と香へ向かって言った。

「ああ、そうだ。ちょっと悪いんだが、そのショッピングモールに男物の服を売ってるとこがあったら、少し寄らせてもらっていいか？」

「いいよ。俺も見たいし」

「あ、う、うん、別に構わないけど……」

内心の動揺を押し隠して、香が取り繕《つくろ》って答えると、恵梨花が楽しそうに亮を見た。

「なんか珍しいかも、服買うの？」

「ああ、と言うより、着替えたいしな」

「……え？」

恵梨花がまさかという顔で固まった。

「どうした、恵梨花？」

「え⁉　亮くん、着替えちゃうの⁉」

それを脱ぐなんてとんでもないと言わんばかりな恵梨花に、亮が戸惑いながら頷く。

「あ、ああ、そりゃな。暑いし」

「そ、そんな――⁉」

あからさまにショックを受ける恵梨花に、亮は困ったように眉を寄せた。

「いや、この暑い日に、スーツはちょっとキツいんだが……そもそも着替え忘れてきた訳だし」

「そ、そうだけど……で、でも、折角、スーツ姿の亮くんと一緒に歩けると思ったのに……」

しゅんとする恵梨花が可愛くて、香はふらふらーっと恵梨花へ足が向かいそうになった。

「うっ……ま、まあ、それはまたの機会にしてくれねえか？　それに、この四人で並んで歩いて、俺だけスーツって、浮き過ぎるだろ？」

その発言はもっともで、恵梨花は自身や香、淳也、亮の服装を順に見て残念そうにため息を吐いた。

「……それもそうだね。ごめん、我儘《わがまま》言って」

「いや……ああ、なら恵梨花、俺の今日着る服を見繕ってくれよ。それ買うから」

それを聞いて恵梨花が勢いよく顔を上げて目をキラキラと輝かせる。

「それいいわね!!」

「……っだ、だろ？」

タラっと冷や汗を流して頬を引き攣らせる亮から、わずかな後悔を感じ取ったのは香だけではなかったはずだ。

（ふーん……とりあえず、恵梨花を自然体にさせるほどには仲良くしてるのね……てか、恵梨花、彼のこと好き過ぎじゃない……？　彼も相当のようだけど……）

思っていた以上に仲は良好のような二人に、香は安堵しつつ少しの寂しさも感じた。

チラッと見上げれば淳也は目の前の光景に驚きつつ、苦笑を滲ませていた。

「それじゃあ、とりあえず、ショッピングモールの方、向かおうか」

淳也のその言葉に、亮と恵梨花の二人はハッとなって、ぎこちなくこちらへ向いて頷いた。

（またこっちのこと忘れてたんかい――!!）

二人の世界に入り過ぎじゃないのかと香は呆れた。


「へえ？　折原さん、恵梨花と同じ小学校、中学校だったのか」

「そうなの。それもクラスもずっと一緒だったのよね、すごいでしょ？　ねえ、香？」

「そ、そうね」

ショッピングモールに向かう途中、やはり最初に話題にするのはここだろうという流れで、この二組の内で元から友人同士の恵梨花と香の話題になった。

「それじゃ、九年間ってことか。それだけ一緒のクラスって相当珍しいな」

「で、でしょ？」

淳也にも驚かれて、香は愛想笑いで頷いた。

恵梨花とずっと同じクラスだったから、自分がモテなかったという真理に辿り着いた香には、なかなかに辛い話題であった。

「小学校と中学校の恵梨花か……どっちもさぞかしモテただろ？」

「えーっと……あはは……」

面白がるように亮に聞かれた恵梨花は、目を泳がせた末に誤魔化すように笑みを浮かべた。

（もう本当、呆れるほどモテてたわよ……）

恵梨花に惚れなかった男を探す方が難しいほどだった。

「ね、ねえ！　桜木くんってバイトしてるみたいだけど、何やってるのか聞いてもいい⁉」

辛くなってきた香は、いささか強引に話題を変えてみた。

「俺のバイト？　俺のバイトは、ええと――」

何故か言い淀んでる亮と、少し心配そうな恵梨花の反応に、聞かなかった方がいい話題だったのかと香は不思議に思いつつ察した。

「俺のバイトはほら、アレだ、ええと――コンビニ」

亮がそう言った瞬間、亮以外の三人は同じ意識を共有したのを確信した。

――いくらなんでもその嘘はない。

これに尽きた。そもそも亮はバイト先から着替えずに来て、それで着ていたのがスーツということは、その格好でバイトをしていたということになる。

コンビニのバイトでスーツを求められないことは、聞かずとも皆知っている。

「そ、そっか、コンビニか……」

空気の読める香は、それ以上追及をしなかった。

「へ、へえ。コンビニか……場所によっては大変そうだよね」

淳也も亮の嘘に乗ったようだ。その後にボソッと「高校生に夜勤は無理なんだけどね……」と呟いてもいた。

「も、もう亮くんったら……」

引き攣った顔で再び誤魔化し笑いを浮かべている恵梨花は、それだけ言うのが精一杯だったようで、代わりにさりげなく肘で亮を突いていた。

「あ、ははは……えっと――そ、そうだ、折原さんは何かバイトしてるのか？」

空気の酷さを察して恵梨花と同じく誤魔化し、笑いを浮かべた亮は、そう問い返してきた。

「私は何もしてないかな。何かやってみようかなとは思ってるけど……あ、淳也さんはバイトやってるよ」

そう言いながら、香は自慢するように淳也の腕に自身の腕を絡めてみせた。

「こら、香」

苦笑しながら腕を絡めてきたことを窘めるが拒否しない淳也に、亮は少し興味を持ったようだ。

「へえ？　確か大学生――なんだよな？　ええと、よければ何やってるのか聞いてもいいか？」

亮がそう聞いたのは、自分が嘘を吐いたのを自覚しているからだろう。

亮の疑問に一番に答えたのは淳也ではなく香だった。

「カフェなの。すごくお洒落《しゃれ》なお店で、若いお客さんでいつもいっぱいなんですよね？」

「ああ、そうだね。満席にならない日の方が珍しいかな」

淳也がそう答えてから香が自慢気げ振り返ると、亮と恵梨花は「へえ……」と興味深そうに呟いている。

二人のそんな反応に香は非常に気を良くした。

(むっふっふ……どうよ、年上の彼がお洒落で人気なカフェでバイトしてる！　なんかいい感じでしょ!?　羨ましいでしょ、恵梨花!?)

香はさらに追撃する。

「そんなとこで淳也さん、バイトリーダーもしてるのよ。すごくない？」

「ははっ、そうだけど、でもそう大したことじゃないっていつも言ってるだろ？　長くやってるってだけなんだから」

苦笑しながら謙遜する淳也に、香が勢い込んで言う。

「全然そんなことないですよ！　ねえ、恵梨花もそう思うでしょ？」

「うん。ただ長くやってるからって、そういうの任されないと思う。すごいね」

「そうだな、大したもんだと思うよ」

恵梨花も亮も本気で感心してるように相槌を打った。

(ふっ……そうでしょうそうでしょう？　仕事が出来る証明でもあるし、イケてる男って感じで素敵でしょう、恵梨花!?)

香は鼻高々《はなたかだか》であった。

「カフェのバイトって、やっぱり接客ですか？」

「ああ、そうだね。ホールにも出るけど、俺は厨房がメインかな。そこで料理を色々覚えられたことは実生活にも役立てられるし、いい経験が出来てると、自分のことながら思うよ」

恵梨花の問いに淳也が答えると、聞いた恵梨花だけでなく亮もますます感心した様子を見せた。

(おーっほっほっほ――どうよ、この出来る男感のある回答！　彼氏の方も感服してるようね‼)

香が有頂天《うちょうてん》になったところで、亮は言った。

「へえ、すごいな。俺だと厨房のバイトとか、どんどん腹減ってろくに働ける気がしねえ」

あまりにあまりな感想に、香はズッコケそうになった。

「あ、あのねえ、亮くん――！」

恵梨花が身の置き所がないかのように恥ずかしそうに、亮へまたも肘を突いている。

「どうした……？」

「そんなズレた感想じゃなくて、もっと言う所あるでしょ――？」

「……俺も料理が出来るようになった方がいいってことか……？」

「違う！　それに、亮くんは出来なくてもいいの！　私が作るんだから‼」

「そ、そうか……いや、いつも助かってる」

「あ――う、うん……じゃなくて！」

恵梨花がちょっと嬉しそうにしてから、ハッとなって突っ込んだ。

(なんでこの二人がイチャついてるの……⁉ 淳也さんのすごさに羨んだり妬んだりするとこじゃないの――⁉)

彼氏自慢をしていたら、聞いていたカップルがイチャつき始めるという訳のわからない展開に、香は驚きを隠せなかった。

「やっぱり天然……？」

淳也が二人を見て噴き出し気味に苦笑している。

香は淳也がどっちを指してそう言っているのか、少し悩んでしまった。

恵梨花が説教の調子で亮にあーだこーだと言っているところで、香は声をかけた。

「恵梨花ー」

すると恵梨花はまたハッとした。亮は安堵しながら、こちらへ感謝の視線を送ってきた。

「ご――ゴホンっ、い、行こっか……？」

恵梨花が今日何度目かわからない誤魔化し笑いを浮かべた。

(こんな恵梨花、初めて見るかも……)

香は少し複雑な気持ちになりながら、淳也と肩を並べて再び歩き始めた。

(うーむ……けっこう、とっておきの淳也さんネタだったのに、いまいちな結果で終わってしまった……)

香の計算では、今頃恵梨花は彼氏である亮よりも淳也へ憧れ尊敬の目を向け、香を羨んでいたはずだった。なのに、恵梨花は変わらず亮と楽しそうにしているし、隙あらば二人の世界を作り始める。まったく計算外の事態であった。

四人で雑談をしながら、香がそんなことを考えていると、彼女への追い風が吹いた。

「あれ、山本さんじゃないっすか」

声がした方に目を向けると、香と同じぐらいの歳の少しチャラい感じの男が目を丸くして、淳也を見て突っ立っている。

「斎藤《さいとう》じゃないか」

立ち止まって応えた淳也の反応から、知り合いだとわかる。必然的に香や、後ろのバカップルも足を止めた。

「奇遇《きぐう》っすねーって……あ、デート中でしたか、すみません」

斉藤と呼ばれた男は香に気づいて頭を下げたが、顔は面白がっている。そんな親しみもこもった目を向けられて、淳也は苦笑した。

「いや、そんな気にしなくていいから」

淳也はそんな風に軽く返すが、これで自分が蔑《ないがし》ろにされていると思う香ではない。

「この人が最近出来たって噂の山本さんの彼女さんっすかー。あ、バイト先で山本さんにはいつも世話になってます、斎藤といいます」

そう言って丁寧に頭を下げてきた斎藤に、香はニコニコと手を振った。

「いえ、私にそんなことしなくても――」

斎藤がここで現れたことに、香は神の采配《さいはい》を感じた。

「うーん……いやー可愛い彼女さんで羨ましいっすね、山本さん」

「はは、そこは否定しないよ」

「おっとお！　ここで惚気《のろけ》っすか⁉　はー羨ましい……」

「お前だって、彼女作ろうと思えば作れるだろ？」

「そうは言ってもですね……あれ？　今日デート中ってことは、山本さん今日シフト入ってないんっすか？」

「ああ、入ってないよ」

「あっちゃー、じゃあ、今日のリーダー、田所《たどころ》さんっすか……」

渋い顔をする斎藤に、淳也は片眉を上げて苦笑を表した。

「どうした、田所さんはしっかりした人じゃないか」

「いや、しっかりしてるのはわかりますけど、ちょっとあの空気が苦手っていうか……はあ……山本さんがいないなら、俺も休みにしとけばよかったっすよ。山本さんがリーダーの時の方が、仕事してて楽しいし」

「はは、そう言ってもサボらせないぞ」

「いやいや、俺がバイト中にサボったことなんてないじゃないっすか⁉」

「どうだったかな……？」

「山本さーん！」

悪戯な笑みを浮かべて首を傾げる淳也に対し、斉藤は突っ込みの声を上げた。

ダブルデート中にもかかわらず、香はこの二人の会話を止めるような真似はしなかった。むしろ、もっとやれとすら思っている。何故なら――

（おーっほっほっほ！　恵梨花、見てる⁉　バイト先の後輩に慕《した》われる淳也さんの姿を‼）

香がチラリと後ろを振り返ると、恵梨花が亮に小声で何やら話しかけながら、感心した目を淳也に向けている。亮はふんふんと頷いていた。

（そう、これよ――！　これが見たかった――‼）

鼻高々な香がほくそ笑んでいると、斎藤が再び香を視界に入れて、慌てて言った。

「あーっと、すみません。デート中だってのに、つい……じゃあ、俺はこれで失礼します！　山本さんも、彼女さんもまた‼」

（あ、もうちょっといてもいいのに――）

香が惜しんでることなど露知らず、斎藤は軽く頭を下げてから、二人の脇を抜けて歩いて行き――

「――っ⁉」

すぐ後ろにいた恵梨花に気づいて、息を止めて目を瞠《みは》って驚いている。

だが、すぐその横にいる亮にも気づいて、がっかりしたように息を吐き、二人の脇を過ぎ去って行った。

(私を見た時との反応に露骨に差があったけど、これは昔から……うん、仕方ない仕方ない。恵梨花がありえないぐらい可愛いのは事実だし……)

香が少しイラッとしたのをそうやって自分に言い聞かせていると、淳也が申し訳なさそうに後ろへ振り返った。

「ごめん、長々と話しちゃって……」

「ああ、いえ、全然長いなんてことなかったですよ。ねえ、亮くん」

「ああ、知り合いに会ったんなら、あれぐらい別に」

「はは、ありがと」

二人にそう言われ、微笑んだ淳也に対し、恵梨花が質問する。

「さっきの人はバイト先での後輩ですか？」

「ああ、そうだよ」

「へえ。すごく慕われてるんですね、山本さん」

「ああ――でも、特別なことはしてないよ。あいつが入ってきた時から、俺が面倒見てたからってだけだよ」

「それだけで、ああも好かれたりする訳じゃないと思いますけど……」

恵梨花がそう言うと、淳也は苦笑して肩を竦めた。

「まあ、気が合うってだけだよ。あいつ、ああ見えてかなりしっかりしてるやつでね、通ってる学校なんて難関の進学校だし。知ってる？　履光学園《りこう》」

その学校の名前はこの近辺では知らぬ者はいない——亮が首を傾げているのは無視する——ほどの有名進学校だ。

「あの——!?」

「そう。だからかやっぱり根は真面目なんだよね。そのおかげで、俺も仕事頼みやすかったりして……気づいたら仲良くなってただけだよ」

「はー……なるほど」

恵梨花が心の底から感心した目をしているのを見て、香はこれ以上なくと言っていいぐらい有頂天であった。高笑いしたいのをグッと堪えていると、亮が淳也へ同意するように頷いていた。

「仕事が頼みやすい——ああ、なるほどな。よくわかる」

すると恵梨花が小首を傾げて、亮を見た。

「……そうなの、亮くん？」

「ああ」

「……それって、もしかして静《しずか》さんのこと……？」

恵梨花が眉をひそめて聞くと、亮は苦笑しながら首を横に振る。

「はは、違《ちげ》えよ」

「……巴《ともえ》さんでもないよね？」

「巴はむしろ、そういうのとは反対のとこにいるような……」

「……そうなんだ」

「ま、この話はもういいだろ。いつまでもこんなとこ突っ立ってないで、行こうぜ。早く服買って着替えたいし」

亮のその言葉に淳也は頷いて、踵《きびす》を返して歩き出した。

隣を歩きながら、香はスキップしたいのを堪えながら内心で独りごちた。

（ふっふっふ、恵梨花……羨ましいでしょ……!?）

また亮が何やら気になることを言っていたが、これぱっかりはどうしようもないだろう。後輩に慕われる淳也という姿を見せつけることが出来て香は浮かれていた。

完全に想定外の出来事だったが、これは天が香に宿願《しゅくがん》を果たせと後押ししてくれているのだと思えた。

そう、完全に想定外の出来事——つまり偶然というやつだ。

偶然というのは、一度起こると二度目が起きることがよくある。

四人で当たり障りのない雑談をしながら歩いていると、突然、亮が何かに気づいたように首から上だけを動かして斜め前方を見た。

「うん……？」

「……どうしたの、亮くん？」

「あー……いや、なんでもない。気にするな」

恵梨花に答えた亮はそう言ってから、顔を俯《うつむ》かせた。

「うん……？」

不思議そうにする恵梨花と同様に、香も小首を傾げた。

気にせずに前を向いて歩いていると、香の視界に、この暑い日にどこかのバカップルの片割れと同じようにスーツを着ている若い社会人っぽい男が入った。

香がそのスーツにどことなく見覚えがあると思ったと同時に、亮のものと似ていることに気づいた。珍しいこともあるものだと何となく目で追っていると、その男と目が合った――と同時に声をかけられた。

「――あれ、班長じゃないですか。何やってるんですか、こんなところで」

男が目を丸くして驚いている以上に、突然声をかけられた香も驚いていると、後ろから「はあ……」と亮のため息が聞こえた。

どうやら、男が見ているのは後ろの亮のようだということに香は気づいた。

「……昨日俺を置いて帰ったお前こそ、着替えずにこんなとこで何やってるんだよ」

亮が不機嫌さを滲ませて、男に言い返した。

「いやいや、置いて帰ったも何も、仕事が終わったから帰っただけですよ、俺は」

男が焦ったように手を振って、少しばかりオーバーリアクション気味に亮に返事をすると、亮はますます不機嫌そうに眉を歪めた。

「何言ってんだ、俺が事務で捕まってるの見るやいなや、お前がそっと後ろ歩きで逃げたのに、俺が気づいてないとでも思ってんのか」

それを聞いた男はギクリといった音が聞こえてきそうなほどに肩を竦め、「は、ははは……」と誤魔化すような愛想笑いを浮かべ始めた。

（……どういう関係なんだろ……？）

香は内心でそう思うが、何となく察しはついている。

『仕事』や『事務』といったワードを聞くに、バイト先の同僚なのだろう。

そこまではわかるのだが、その先がわからない。

なにせ男は明らかに社会人といった雰囲気があり、大学は既に卒業しているような年齢に見えるからだ。

そんな香や亮、淳也を含めても随分歳上そうな男性に対し、亮の態度や口調はあまりにも気安く、そして二人の雰囲気からすると、亮の方が上の立場っぽく見えるのだ。

バイトでもなんでも、先に入っている方が先輩というのは確かにあるが、亮の態度はいくらなんでも度が過ぎているように香には思えた。

淳也も同じことを思っているようで、今も部下を詰《なじ》るように亮と男が言い合っているのを怪訝《けげん》そうに見比べている。

そこで見かねたように恵梨花が亮の袖をちょいちょいと引っ張って、亮の気を引いた。

「ちょっと、亮くん……」

「ん……？　ああ、すまん。こいつはバイト先の……同僚《どうりょう》……？　でな」

何故か疑問形で紹介された男は、頬を引き攣らせていた。

「バ、バイト先って……いや、そういえば実は高校生の班長からしたら、バイトでも合ってるのか……」

どこか納得いかなさそうに呟く男を横目に、恵梨花はやはりと頷いた。

「あ、やっぱり……ってことは静さんとも同僚ってことなんだよね？」

「そうだな。一応、こいつと俺と静と巴の四人で、一つの班って形で仕事してる」

「そうなんだ――！」

そう言って目を丸くする恵梨花に、男は改めて視線を向けた。

「静さんを知ってるってことは……じゃあ、その子が噂の班長の彼女の――若奥さんですか」

第二章　誤解と嫉妬《しっと》

「はあっ――!?」

「ええっ――!?」

亮と恵梨花が同時に驚きの声を上げた。

(若奥さんって……)

香は思わず噴き出しそうになったのを堪えた。

「お、おま、な、なに、何言ってんだ!?」

亮が顔を赤くしながら男を問い詰める横で、同じく頬を赤く染めた恵梨花が顔を隠すように俯いている。

恥ずかしそうにしているその様《さま》を見て、香は思わず恵梨花を抱き締めそうになった。

「へ？　ああ、『若奥さん』ですか？　えっと……すみません。いや、静さんがずっと皆にそう言ってたものですから、移ったみたいですね」

「はあ!?　おい、皆に言ってるってどういうことだ!?」

亮から掴みかからんばかりの勢いで問い詰められた男は「やっちまった」と言わんばかりに頬を引き攣らせた。

「あー……どうやら、俺は地雷を踏んだみたいですね……」

「んなこと、どうでもいいんだよ！　おい、なんだ、静のやつ、さっきみたいなことあちこちで言いふらしてんのか⁉」

「えーと、その件については、ちょっと行き違いがあったようでして……」

ついには亮に胸ぐらを掴まれてガクガクと揺さぶられている男は、冷や汗をダラダラと流しながら、亮から視線を逸らして、何やら言い訳のようなものを口にしている。

「ふざけたこと言ってんじゃねえ！　静のやつが俺のいないとこで好き勝手言ってんだな⁉」

「そ、それについては私からは何とも……」

口調を丁寧にしてまで言い訳をする男に、そこで救いの手が入る。

「も、もう、いいじゃない、亮くん……それより、亮くんや静さんの同僚の人なら、ちゃんと紹介して欲しいな……？」

未だ頬を染めていながらもどこか嬉しそうな恵梨花にそう言われて、亮は渋々と男から手を引いた。

そして見るからにホッとした様子の男は、恵梨花へと感謝の視線を送りながら会釈した。

「はあ……助かりました。堀越翔太《ほりこししょうた》といいます。お見知りおきを」

「あ、ご丁寧に――藤本恵梨花です。初めまして」

「ええ、初めまして……しっかし、噂通り……いや、噂以上にと言うか……滅茶苦茶《めちゃくちゃ》に可愛らしいお嬢さんですね、班長。超正統派の美少女って感じで」

心から感嘆した様子の堀越に、亮は自慢げに何度も首を縦に振る。

「ふっ、そうだろうそうだろう」

「ちょ、ちょっと亮くん――」

恵梨花が耳まで真っ赤にして恥ずかしそうにしつつ、でもやはりどこか嬉しそうに亮へ抗議の声を上げる。

「何だ？　本当のことじゃねえか」

首を傾げる亮に恵梨花が弱々しく言い返す。

「そ、そういうことじゃなくって……」

そんな二人の様子を堀越は苦笑して、香は少々呆れ気味に眺めていた。

（うーん、まさにバカップル……）

「えーっと……ということは、班長はデート中でしたか、これは邪魔をしてすみません」

そう声をかけられた亮は思い出したように香と淳也をチラッと見てから、躊躇《ためら》いがちに頷いた。

「あー……まあ、そうとも言うな……」

亮の視線に気づいていた堀越は、香と淳也へ目を向けた。

「もしかしてと思ってましたが、こちらの二人も班長のお知り合いで……？」

堀越がそう聞きながら会釈をすると、香と淳也は同じく会釈をして返す。

「俺の、と言うか、恵梨花のな……」

亮が言いにくそうに答えると、堀越はパチパチと目を瞬《しばた》かせた。

「な、なるほど……つ、つまりは、彼女さんの繋がりで、ダ、ダブルデートってことですか……」

そう言う堀越の顔は、これでもかと意外そうであった。

(確かに恵梨花の彼って、こういうのに付き合わなさそうな感じなのよねー。恵梨花に頼まれたから断れなかったのかしら？)

亮が了承した経緯《けいい》を知ったら、香は冷たい目を送っていたことだろう。

亮は頭をガシガシと掻いて、先ほどよりも答えづらそうに返す。

「……ああ。なんか文句あるか？」

「いやいやいや⁉　ないですないです‼」

焦ったようにブンブンと手を振って否定する堀越に、亮は苛立たしげに鼻息を荒くする。それからふと思い出したように問いかけた。

「そういやお前、なんで着替えもせず一人でこんなとこいるんだ？」

「え？　ああ、一人でここにいるのは、朝飯を食いに行ってたからです。そっち行ったところに、朝だけやってる卵かけご飯の専門店がありまして」

背後を指差しながらの堀越の言葉に、亮は興味深そうになった。

「卵かけご飯の専門店だと？」

「ええ。俺も最近聞いたばっかの店でしてね。試しに行ってみました。知らない食い方も色々教えてもらえましてね……それだけでなく予想以上に美味《うま》かったですよ」

「おま……なんで、俺を誘わねえんだよ」

「いやいや、休みの朝一にいきなり誘えませんよ。第一、班長今日はこうやって用事があったんでしょ？」

それには反論する言葉がなかったようで、亮は唸った。

「……む……よし、今度朝方に仕事終わった時に連れてけ」

「それは別に構いませんが」

その受け答えを見て、淳也が苦笑しながら「だから高校生に夜勤のバイトなんて、出来ないんだけどね……」と小さく呟いていた。

（……もしかして、歳を誤魔化してるのかしら……？）

ふと香の脳裏にそんな考えが浮かんだが、恵梨花の彼が同じ高校にいることは聞いているので、流石にそれはないかと思い直した。

しかしだ、亮と堀越のやり取りを聞いていると、どっちが年上なのかわからなくなってくるから、不思議に思ってしまうのは変わらない。

「おし……んで、お前、その店行くのに、わざわざその服を着て行ったのか？」

亮がそう聞くと、堀越は苦笑を浮かべて頬を掻いた。

「いやいや、そんなまさか……昨日の帰り、静さんと巴さんに呼ばれて朝まで付き合わされたんですよ」

「静さんですか？」

小首を傾げた恵梨花が話に入った。

「え？　ああ、前に若奥さ――彼女さんの家に行ったんでしたね、静さん」

またも若奥さんと呼びそうになって、堀越は言い直した。

「そ、そうです……」

恥ずかしそうに消え入りそうな声で返す恵梨花に、堀越は苦笑する。

「静さんは途中で帰りましたけどね、巴さんが帰してくれなくて……結局朝まででした」

肩を落としながら煤《すす》けた顔をした堀越に、亮が言った。

「なんだ、お前。じゃあ、俺を見捨てて帰った後に、双子に捕まってたのか。ははっ、ざまあねえな」

からからと笑う亮に、堀越が憤然《ふんぜん》と返す。

「ちょっ、ひどいですね！　それに、見捨てるなんて語弊《ごへい》にもほどがありますよ！」

「いや、本当のことだろ」

「いやいやいや！　だからですね！　静さん、巴さん、それに俺を含む班員の評価を班長の代わりに俺が書くとか無理ですから！」

その言葉にギョッとしたのは恵梨花だけでなく、香と淳也もだ。

（は!?　……この人の評価を恵梨花の彼がするの……？）

香は堀越があだ名のように班長と呼んでるのかと思っていたが、実際に班長らしい。

「そこはお前のその無駄にいい頭を使って、俺っぽく書くとかだな、色々やりようがあるだろ」

「無駄にいい頭ってなんですか!?　仮に書いたとして、巴さんと静さんにバレたら、何を言われるか!?　いや、何されるか!?」

「それは……頑張れ」

「うわー……」

朝まで付き合わされたと言った時以上に煤けた顔となった堀越を前に、恵梨花が亮の袖をちょいちょいと引っ張る。

「……亮くんって、本当に堀越さん、静さんの班の班長なの……？」

「うん？　ああ、そうだけど？」

「な、なんで亮くんが……？」

「なんでって……なんでだろうな？」

恵梨花の疑問に疑問で返す亮。そんな二人の間に、堀越が深い苦笑を浮かべて入る。

「それはですね、班長は実力がピカイチですし、それだけでなく指揮能力、咄嗟《とっさ》の判断力も優れてるからなんですよ。現場は実力主義ですからね」

「あー……な、なるほど……」

恵梨花には思い当たることがあるらしいが、香と淳也からしたら何の話をしてるのかサッパリだった。

「じゃ、じゃあ、本当に亮くんが班長なんだ……」

「まあな。面倒が多くて静辺りに代わってもらいてえんだが……ホリ、お前が代わりをやらねえか？」

あだ名らしきもので呼ばれた堀越は、渇いた笑みを漏らす。

「は、はは……無理に決まってるじゃないですか。四人の中で、一番実力が下の俺が班長とか無理過ぎます」

「うーむ……じゃあ、書類仕事の時だけ、お前が班長やれよ」

「いやー班長……本気で言ってますよね？」

「当たり前だろ？」

「はあ……」

肩を落としながらやるせないように首を振る堀越。

その様を見て、香は堀越が亮の下で苦労していることだけは理解出来た。

「……ねえ、亮くん？」

恵梨花がニコリと亮を見上げた。

「な、何だ……恵梨花？」

「堀越さんが言うように、いくらなんでも班員の評価を班の人に任せようとするのはどうかと思うな、私」

ど正論をぶつけられた亮は目を泳がせ、堀越は救いの女神を見るような顔になった。

「え、えっとだな、恵梨花。これは適材適所《てきざいてきしょ》というやつで、ホリは書類仕事に関しては、それはもう――」

「だとしても、評価表はその内に入らないんじゃないかな、流石に」

「そ――そうとも言えるかもしれんな……」

「かも、じゃなくて、絶対にそうだよ」

「そ、そうか……」

焦ったように冷や汗を流し始める亮に、堀越がニコニコと笑顔になった。

「いやー、奥さん流石です。班長がタジタジじゃないですか。こんな班長は見たことがないです」

そう言われて、恵梨花が再び顔を真っ赤に染め上げる。

対して、亮は黙ってろと言わんばかりに堀越を睨みつけた。

「あ、あの、だから、奥さんだなんて……」

「おっと、失礼。あ、もういい加減、邪魔するのもなんなので、これで失礼しますね――では」

亮に睨まれたからか、頬を引き攣らせた堀越は、手短かに挨拶を終えて四人の前から去って行った。

それから何とも言えない空気が流れる中で、最初に口を開いたのは恵梨花だった。

「はあ……亮くん？　自分の仕事を押しつけてばっかりいたらダメだよ？」

「いやいや、恵梨花。あいつに任せてばっかりだと思われるのは心外だぞ？」

「……じゃあ、しょっちゅう？」

「……たまに？」

その回答に恵梨花がジト目を亮に向けた。

「ふーん……亮くんの『たまに』か……」

意味ありげに呟かれた亮は、顔ごと恵梨花から逸らした。

（これは『たまに』どころじゃなさそうね……）

そう思ったのは香だけではないだろう。

淳也が苦笑して、二人に話しかける。

「色々と聞きたいところだけど、ひとまずは歩かないか？」

亮と恵梨花はハッとしてから、香と淳也へ振り返る。

（……二人で話し始めると周りが見えなくなるのがデフォっぽいわね、この二人……）

「あーそうだな、長々と悪かった」

「ご、ごめんなさい……」

亮と恵梨花がペコリと頭を下げる。

「いや、いいよ。さっきは俺も長話したし。お互い様だろ」

「はは、そう言ってくれると助かる」

亮がそう言ってから、自然と四人は再び歩き始めた。

「ねえ、桜木くん、さっきの人って何歳なのか聞いても？」

香が背後に振り返りながら聞くと、亮は悩ましげに首を傾げた。

「ホリの年齢？　……何歳だっけな、あいつ。確か……二十四とかいってたような……？」

「へ、へえ……随分、歳上だよね？」

「うん？　ああ、まあ、そうだな……」

腑《ふ》に落ちないような亮の答え方に、恵梨花が察したように言った。

「亮くん、もしかして堀越さんのことを歳上だって意識したことないんじゃない？」

「あ、それだ。歳とか気にしたことなかったな、あいつとは道場で稽古つけてからの付き合いだし」

「あ、そういうこと……」

納得したような恵梨花に対し、そこで淳也が反応して振り返った。

「桜木くんって、どこか道場に通ってるのかい？」

「通ってるって言うか――」

「家が道場なんです」

ここで亮に関する新情報が入って、香の思考が忙《せわ》しなく回転を始める。

（家が道場……？　つまり、土地がある。つまり、お金持ち。桜木くんが長男だとすれば、跡取り……？）

土地代は場所によるだろうが、それでも貧乏《びんぼう》なんてことはないはずだ。亮がよほど遠く離れた僻《へき》地《ち》に住んでいなければ。

（話に聞いてたより、顔はいいし、バイクなんて乗ってるし、家は道場……けっこう優良物件なんじゃ……）

香が色々考えている横で、淳也が亮と言葉を交わす。

「へえ？　何の道場やってるのか聞いても？」

「古いのが自慢の拳法《けんぽう》だよ」

苦笑しながら肩を竦めて返す亮に、淳也は納得したように頷いた。

「なるほど。けっこうガッシリした体格をしてるから、何かやってるとは思ってたけど、そういうことか」

「そうかい？　あんまりそういうことは言われねえんだけどな」

亮がそう言う通り、香も淳也が言ったような印象は受けなかった。

「亮くんって、着痩《きや》せする方だよね」

「ああ、それはよく言われるな」

そういうことかと香は納得する。

「それで、さっきの人は桜木くんの道場に通ってるのかい？」

淳也の問いに、亮は頷いた。

「そんなところだな。指導してるのが主に俺だから、あまり歳を意識しねえんだよな」

「桜木くんが？　……なるほどな……」

再度、納得したように呟く淳也。

亮が指導してるという点が香は気になった。

（道場の人間だからって、桜木くんが指導……？　他に教えられる人はいないのかしら？）

聞こうかどうか迷っていると、恵梨花が先に口を開いた。

「でも、亮くんが指導してるからって、仕事を押し付けていい訳じゃないよね？」

「うっ……」

話が戻ったことに、気まずそうにする亮。

「えーっとだな、恵梨花。何か誤解してると思うぞ」

「誤解って……どんな？」

「うむ。まあ、確かにあいつに仕事を頼む時はある」

「うん」

「だが、頼んだ時はそれなりに礼はしてるぞ」

「ふむふむ」

「あいつも言ってたが、ホリは俺の班の中では一番実力が下だからな。礼代わりに、よく稽古を見てやってる」

頷いていた恵梨花だったが、礼が稽古という点に引っかかったようで首を傾げる。

「ふうん……？」

「おっと、嫌がるあいつにきつい稽古をしてる訳じゃねえぞ？　あいつが望んだことだからな？」

「あ、そうなんだ」

「ああ。それに、あいつは書類仕事が本当に早いし得意でな。あいつは稽古を望み、俺は書類仕事を頼みたい。どうだ、利害は一致してるだろ？」

それが本当なら、確かにウィンウィンだろう。

しかし恵梨花は納得せず、反論する。

「うーん……でも、評価表は完全に班長の亮くんの仕事だと思うな」

これについては、異論を挟む余地もない。

「ま、まあ、そうかもしれんな……次からは気をつける」

「うん。指導する立場なんだし、上司だからって無理言っちゃダメだよ」

「はは……はい」

香は、尻に敷く様《さま》を見た気がした。

(それより……何のバイトかわからないけど、バイト先で班長……？　さっきの人も桜木くんの部下っぽい態度だし……た、立場的には、バイトリーダーの淳也さんと、い、いい勝負かしらね？)

香は、虚勢を張りながらそう思い込むことにした。

「……もしかして、斎藤の話をした時に、桜木くんが頷いてたのは、さっきの人のこと？」

突然疑問を口にした淳也に、香は何のことかと思ったが、少し考えてから思い出した。淳也が後輩の斎藤に仕事を頼みやすいと言った時に、亮が同意するように頷いていた時のことだろう。

(あ、そうだ。後輩からの慕《した》われ具合なら淳也さんの勝ち……？　勝ちね、うん)

厳密には堀越は後輩ではなく部下であるが、香はそこは見ないことにした。

「うん？　ああ、そうそう。ホリも割と軽い印象だけど、仕事任せやすくてな」

淳也とは任せやすいのニュアンスが違う気がした香だった。

「そ、そんなに軽い印象には見えなかった気がするけど……」

この恵梨花の言葉には香も同意だ。堀越は斎藤ほどチャラくはなかった。

だが、軽い印象があったのも確かだ。

(それに対し、淳也さんの後輩である斎藤くんは、見た目チャラくても頭はいいし)

やはり自分の彼の淳也の方がすごい、ふふんと香が内心で勝ち誇っていたのも束の間――

「そうか？　まあ、そうかもな……それにあいつ、あれで東大卒でな」

東大、東京大学。言わずと知れたこの国の最難関大学である。

「ええっ⁉」

驚きの声を上げた恵梨花と淳也に対し、香は自分の顔がピシッと固まったのを自覚した。

「な、けっこう意外だろ？　そんな大学出てるせいか、書類仕事に強くてな。報告書とかまとめるの上手くて、つい頼んじまう」

「そ、そうなんだ……え、なんで、そんな大学を出た人が亮くんと同じ仕事してるの⁉」

勢い込んで尋ねる恵梨花と一緒に、香は本当にその通りだとギギギとぎこちなく振り返って耳を傾けた。

「ああ、なんでも入社した時は俺とは違う部署《ぶしょ》の情報部？　だっけか、そこに配属されたらしいんだけど、途中から現場での仕事を希望したみたいでな。それで、うちの部署に来たって訳だ」

「そ、そうなんだ……変わってる？　ね……」

「だろ？　そんな大学出といて、俺がいるようなとこ来るなんてな。幸いかどうかわかんねえが、あいつは学生の時に色々格闘技をやってたからか、下地はあってな。配属されてからはうちの道場に熱心に通って、けっこう実力を伸ばしてな……気づいたら、俺の班に来てた」

「ふ、ふうん……？」

よくわかってなさそうな恵梨花であるが、それは香と淳也もだった。淳也は自分の頭をコンコンと叩きながら悩んでいる。

香は亮から聞いた話を、わかる範囲で整理するのが精一杯だった。

（ちょ、ちょっと待ってよ……東大出なんて超エリートの人が入った会社が、恵梨花の彼のバイト先ってこと!?　しかも、そんな人が部下!?　え、それ本当にバイトなの!?　……な、何者なのよ、恵梨花の彼って……）

もはやバイト先がコンビニだと偽《いつわ》っていたことすら忘れているだろう亮の話を耳にして、香は混乱しつつも、脳内には計算を走らせていた。

（つ、つまり……）

香の彼である淳也のバイト先がお洒落なカフェに対し、亮のバイト先（？）は東大出のエリートでも入社するような会社。有名進学校に所属する後輩に対し、東大出の部下。

不確かな部分もあり、憶測《おくそく》も混じっているが、簡単にまとめるとこういうことだ。

高校生同士の付き合いであれば、恋人のスペックなどそれほど気にするようなことではない。だが、香のようなアホであるが計算高い女の子はステータスやブランドといったものに弱く、こんな答えを出してしまうのだ。

世の女性の大多数が羨むのは、後者の亮の方だろうと。

さらに言うなら結婚適齢期の女性であれば圧倒的に後者を選ぶであろうということも。

（ま、負けた……）

香一人だけが勝手に始めている脳内彼氏自慢合戦、バイトの部において、香は敗北感を覚えずにいられず、それによって打ちのめされ、目眩《めまい》を起こし足元をふらつかせたのだった。

◇◆◇◆◇◆◇

「次、これ！　これ着てみて、亮くん！」

「お、おう……なあ、恵梨花、さっきのでいいんじゃないか……？」

「ダメよ！　もっと色んなの見たい――じゃなくて、ちゃんと選ばないと!!」

「……ん？　今なんて――」

「ほ、ほら！　いいから、早くこれ着てみて！」

そう言って、恵梨花は亮に服を押し付けて、手早く試着室のカーテンを閉める。その際に一瞬見えた亮の表情が、まるで出荷されていく何かのようだったのが印象的だった。

そんな二人の様子を、香と淳也は少し離れた場所で見ている。

「……桜木くんが来た時から思ってたけど、藤本さんって彼のことが滅茶苦茶好きみたいだね」

「そ、そうですね……彼の方も好きなのはわかるんですけど、恵梨花の方がもっと好きそうなのは、少し意外でした」

香の知る範囲では、恵梨花は香と同じく恋に憧れを抱いても、実際にはどの男にも興味を持たなかった。本当に数え切れないほど告白されていたが、バッサリ切りまくっていたのだ。

それが今では本当に普通の女の子のように、初めて出来た彼氏に夢中になっている。

そのことが香にはなんだか感慨《かんがい》深かった。

(やっぱり恋してるせいね、中学の時も溢れんばかりだったけど、今の方がずっと魅力的に見える……ああ、可愛い恵梨花)

試着室に背を向け、自分のスマホを眺めてホクホク顔をしている恵梨花を目にしながら香は、ほうと息を吐いた。

恵梨花のスマホに写っているのが何かは予想がついている。亮が試着する度にスマホで撮影をしていたから、その写真だろう。

ちなみに香が元気になっている理由は、店に入ってから亮に何度も試着をさせてはしゃぐ恵梨花が可愛かったことと、もう一つ。

そもそも今すぐ結婚する訳でもない高校生である自分達の彼氏のバイト先や人間関係なんてどうでもいいじゃない、なんて割と今さらな結論を、自己防衛もかねて出したからだ。

忘れてはいけない、香は残念な女の子である。

「香は桜木くんがどんな人だとか、何も聞いてないのかい?」

己の出した結論と恵梨花の可愛さに浸っていた香は、淳也の声で我に返った。

「え？　ああ、恵梨花からは何も聞いてませんでした……あ、同い歳だということだけは聞いてましたけど……」

淳也が聞きたいのはそういうことではないことぐらいは香もわかっているため、声は尻すぼみになった。

「そうか……」

「……彼のこと気になります？」

「まあ……色々な意味で気にならない方がおかしくないかな？」

苦笑しながら紡がれた言葉に、香も同じく苦笑しながら同意の意味を込めて相槌を打った。

脳内で自慢合戦をしていた香は亮の話を耳にすると、淳也と比べての優劣にばかり注目していたが、改めて考えると突っ込みどころが多過ぎた。

（なんで高校生がバイト先で社会人を部下にしてるのよ。そもそもバイト先の班長である理由が、実力が一番とか、指揮能力が優れてるからって何なのよ……）

百歩譲って指揮能力に関しては目を瞑ってもいい。クラブ活動や生徒会の活動などでそれを身に付ける学生は確かにいるからだ。

（だけど実力って……家が拳法の道場とか、稽古とかの話と合わせると、武力ってこと？　それが必要なバイトなんて……高校生でなんて聞いたことないわよ）

当然のように同じ結論を出している淳也が言った。

「まあ、バイトが何なのか聞いた時に、あからさまに隠した理由は、さっきのやり取りで何となく察せたけど……にしても、面白いな」

「そうですね……淳也さんは、桜木くんのバイト先が何なのか予想ついたんですか？」

「うーん……あるにはあるかな。自分でもどうだろうって思うのが一つだけ」

「本当ですか!? なんですか!?」

流石、自分より遥《はる》かに頭が良く大学生でもある淳也だと、香は目を輝かせた。

「ははっ、いや、本当に自信ないよ？」

苦笑する淳也に香はせがんだ。

「それでもいいです！　教えてください！」

「んー……じゃあ、言うけど――探偵《たんてい》事務所とかかな。それだと、現場がどうとか、指揮能力に判断力、いざ犯人と対面した時のための力とか、大卒の人と一緒に仕事をしていることとか、色々説明つくかなって」

その答えを聞いて、香は目を見開いた。

「そ、それですよ！　淳也さん!!　間違いないですよ!!」

興奮気味な香に対し、淳也は怪訝そうに眉をひそめた。

「ええ……？　本当にそう思うかい……？」

「そうに決まってますよ！　きっと危ない組織とかと戦うために、武力が必要で道場で育った彼が、世間には内緒でこっそり探偵事務所で働いてるんですよ!!　あ――!?　そうだ、きっと恵梨花は彼と組織の人との戦いに巻き込まれて、そこを助けられて惚れたんですよ、きっとそうですよ!!」

思いつくままに香が言うと、淳也は顎《あご》へ手を当てて思案する。

「ふむ……香がそこまで言うなら――」

「ええ！　間違いありません！　ファイナルアンサーですよ!!」

唾《つば》を飛ばしかねない勢いで香が口走ると、淳也はニコッと微笑んで頷いた。

「――うん、香がそこまで言うなら、不正解ってことだな」

「ええ！　ですよ――ん？　え？　あれ、それってどういうこと――」

何故、淳也が意見を翻《ひるがえ》したのかわからず戸惑う香を見て、淳也は噴き出して肩を震わせると、香の頭をポンポンと撫でた。

「――っくく……うん、気にしなくていいから。香はそのままでいいから。そうだよね、香の言う通りの可能性もあるかもしれないしね」

よくわからないが褒められているようだと感じた香は、照れて顔を赤くした。

「え、えへへ。そ、そうですか？」

「うん。香はそのままでいいから」

「で、でへへ……も、もうー淳也さんったらー！」

だらしなく笑む香の頭を、淳也は優しい笑みを浮かべながら撫で続けたのだった。

◇◆◇◆◇◆◇

「わー、高い……」

「そうだな、晴れてるから見晴らしもいいし」

ガラスの向こうの景色を眺めて呆然とする恵梨花に対し、それほど感動した様子のない亮が相槌を打つ。

今四人がいる場所は服を購入したショッピングモールのすぐ近くにある高層ビルの最上階である。

恵梨花のための恵梨花による亮のファッションショーが終わると、もうすぐ昼食という時間になっていたため、ランチにすることと決めて、淳也の案内でやってきたのだ。

亮と恵梨花のすぐ隣で、香も恵梨花と同じように感動して淳也へ話しかけていた。

「あ！　淳也さん、あそこ見てください！　あれ、私と恵梨花の中学校ですよ！」

「んん……？　ごめん、流石にわからないな」

「ええー？　あそこですよ、あそこ！　ほら、私の指の方角を真っ直ぐ！」

香からしたら一目瞭然《いちもくりょうぜん》なのだが、そう示されても目の前の光景は広過ぎて、やはり淳也はわからなかったようで、苦笑を浮かべた。

「とにかく、店の方に行こうか。そこからでも景色は見えるから、どうせならそこでゆっくり見よう」

淳也がそう呼びかけて、四人は止めていた足を動かし始めた。

「何を出す店って言ってたっけ……？」

度重なる試着のせいか、朝に見た時より疲弊《ひへい》している様子の亮が、淳也に尋ねる。

着ている服は宣言した通り恵梨花がチョイスしたものだ。黒のスキニーパンツに、藍色《あいいろ》のシャツといった暗めのものが選ばれたのはスーツ姿を見た名残《なごり》のせいだろう。

清算を終えた亮が「これ二回目ぐらいに試着したやつじゃなかったっけ……？」とため息を吐いていたのがまた印象的であった。

だが、その服は恵梨花が吟味《ぎんみ》しただけあって、亮によく似合っており、引き締まった体格の良さを映えさせていて、香から見ても素直に格好いいと思えた。ただし——

（ま、まあ、淳也さんには負けるけどね!!）

香がそう思ったのも仕方ないことだろう。恵梨花だってきっとそう思っていることだろうから。

「イタリアンだよ。苦手な人は少ないと思って選んだけど、問題なかったかな？」

淳也の答えに、亮は頷く。

「問題ないぜ」

「なら、良かったよ。味は保証する」

「そいつは楽しみだ」

そう言って亮が笑いかけると、淳也も笑い返す。

恵梨花と亮の隣で、香も淳也を着せ替えして楽しんでいた間に、亮と淳也の二人はそれほど言葉を交わした訳でもないのに、意外なほどに仲が良くなっていた。

「でも、山本さん、こんな高層ビルの最上階にあるようなレストランだと、けっこう高くつくんじゃ……？」

恵梨花が高校生らしい心配を顔に貼り付けて聞くと、淳也は安心させるように微笑んだ。

「ああ、ディナーはコース料理を中心としてるからけっこう高めだけど、ランチだとそれほどでもないから大丈夫だよ」

「あ、そうなんですか……」

ホッとしたような恵梨花に、香は鼻高々だった。

(オホホホホ、どうよ、この淳也さんの抜かりなさ！　この段階から、高級でお洒落な店なのが簡単に想像できて、しかも、ランチタイムはリーズナブルな価格だと前もって知っている情報通っぷり！　高校生の彼氏だとなかなかないポイントでしょ!?　オーホホホホ！)

実際に高笑いしたくて、それを我慢しているために顔がニマニマするのを止められない香の横で、淳也が補足する。

「ランチはメインを何にするか選んだら、他はビュッフェなんだ。だから色々食べれるよ」

「あ、ビュッフェなんですか。それは楽しみです」

「――ということは食べ放題か」

そう言って獰猛《どうもう》に笑う亮に、恵梨花が懸念を顔に出した。

「……亮くん、食べ尽くしちゃダメだよ？」

その言葉に香と淳也はギョッとして振り返ったが、亮は気にした様子もなく笑い飛ばした。

「はは、何言ってんだ、恵梨花――」

それを聞いて淳也と香が、流石にそれはないかとホッとしつつ前へ目を戻したのも束の間。

「大皿ごと持って行ったらダメなんだから、そんなの無理に決まってるだろ」

淳也と香はピクと肩を揺らした。

（それは、つまり――）

「――食べれないとは言わないいんだね……」

（――ということよね）

香の思案を引き継ぐかのように淳也が言い、香は心の中で同意した。

恵梨花がジト目で亮を見ている。

淳也と香の考えを補足するかのような恵梨花のセリフを聞いて、香は横目で隣の彼氏を窺《うかが》った。

「……店の選択ミスったかな……」

悩ましげに淳也はボソッと呟いてから再び振り返り、亮に声をかけた。

「じゃあ桜木くん、イタリアンはけっこう好きなんだ？」

「うん？　ああ、美味《うま》いしな」

亮と淳也のやり取りに、恵梨花が割り込む。

「て言うか、亮くんって好き嫌いないよね」

「……まあ、そうだな」

「ふふ、お母さんも言ってたけど、亮くんはなんでも食べてくれるから作り甲斐《かい》があるよ」

「……いつもお世話になってます」

「いーえ！　ふふっ」

また二人が今日何度目かわからないイチャイチャワールドを展開し始めて、香は淳也と顔を見合わせて苦笑した。

（……にしても、付き合った期間を考えると、妙にこう――所帯くさいというか、たまに熟年夫婦みたいなとこ見せるわね、この二人）

それに加えて、亮と恵梨花の会話を聞いていると、どうやら亮は恵梨花の家族と相当仲良くしている節が窺える。

（……あのシスコンの代名詞と言われている恵梨花のお兄さんと仲が良いようだって噂で聞いたけど、一体どうやってそんなミラクルを起こしたんだろ？）

町内で知らぬ者などいない美しき三姉妹の雪月花。この三人を妹に持つその兄も美形で有名だが、それ以上にシスコンぶりで有名だった。父の溺愛ぶりも言うまでもないことだ。

さらには三姉妹を守るために、警察犬として名高い犬種の犬を文字通りの番犬として飼っているという話も周知の事実である。

（よくまあ、あんな家族のいる家と、短期間で仲良くなれたものね……？　そういや、恵梨花のこの犬って、本当に家族以外の男が近づくと吠えまくるのよねー……お陰で、変な勧誘も家まで来なくなったって恵梨花は喜んでたけど……あれ？　そんな犬もいるのに彼は大丈夫なのかな？　まあ、そこは流石に飼い主の家族が宥める……か）

亮が藤本家のペット、ジローを、力で服従させたという事実を知ったらさぞ驚いただろうが、香は無難な予想を出して納得した。

そうして少し歩いたところで、外観が綺麗で落ち着いた感じの店の前で淳也が足を止めた。

「着いた、ここだよ」

「うわあ……」

「すごい……」

香は恵梨花と一緒に、感嘆の声を上げた。

（何て言うか、高級そう……こんなとこ、私達が入っていいのかしら……）

香もここに連れられるのは初めてであるため、おそらくは同じ感想を抱いているだろう恵梨花と共に驚いている。だが、そこでハッとする。

（オ、オホホホ！　どうよ、恵梨花！　こんなすごそうな、大人っぽいお店に高校生の桜木くんは

連れてってくれないでしょ⁉　年上の彼を持つ私が羨ましいでしょ⁉）

ブレない香は、すかさずここで己への自尊心を高めて、先ほど蓋をした敗北感を、綺麗に心から追い出した。そうしてすっかり自信を回復させた香は、勝ち誇った気分で亮の反応はどうかと横目で窺った。すると――

「……？」

亮は店を見上げてしきりに首を捻っている。まるで何かを思い出そうとしてるようなその仕草に、香は嫌な予感がした。

「……どうしたの、亮くん？」

恵梨花もそんな亮に気づいたようで、問いかけた。

「うん？　……いや、何か見た覚えがあるような気がしてな」

「ふーん……」

「どうしてそんな目で俺を見るんだ」

「亮くんがそう言う時って、大抵忘れてるだけなんだよね。実は来たことがあるんじゃないの？」

「ここにか？　いやいや、俺はこのビルに登ったのすら初めてだから、そんなはずねえよ」

「ふーん……？　じゃあ、なんでだろうね」

「さあな？　多分、似たような店に行ったことがあるんだろ」

「うーん……？　あ、入るよ、亮くん」

納得してなさそうな恵梨花の声を背に、香は先導する淳也の後に続いた。

（み、見覚えがあるだけね……ふう、セーフセーフ）

ここで亮も行ったことあるなんて言われたら、高校生では到底《とうてい》来ることが出来なさそうな店を知っている年上の彼、という淳也のアドバンテージが台無しになるところである。

香がホッとしつつ淳也と共に店の中に入ると、支配人か店長かマネージャーかよくわからないが、そんな雰囲気のある、綺麗で高級そうなスーツを身に纏った壮年《そうねん》の男性が出迎えてくれた。

「いらっしゃいませ」

柔和《にゅうわ》に微笑んで、もてなそうとする気持ちが込められた挨拶をされ、店の雰囲気と相まって香はお嬢様気分を覚えて高揚する。そこで淳也が朗《ほが》らかに男性へ声をかけた。

「やあ、小川さん」

「これは、山本様――ご予約の方、承っております」

その受け答えに、香は驚きつつ有頂天になった。

（オ、オホホホホ!!　ど、どうよ、恵梨花!?　こんな立派なお店の人が淳也さんの顔を覚えてるのよ!?　す、すごい！　いや、すごくない、恵梨花!?）

思いもしなかったことが起きて、香は鼻高々であった。

チラリと後ろを窺うと、恵梨花も感嘆している様子で、香は高笑いしたい気持ちに駆られる。

「じゅ、淳也さん、この店よく来られるんですか……？」

思わず香が聞くと、淳也は少し恥ずかしそうに答えた。

「はは、いや、ここことは違うとこにある本店の方に家族でよく来ててね。ここにも出来たって聞いたから、どうせならって思ってさ」

「そーなんですかー！」

淳也の説明に、香が感嘆の声を上げる。

そこで小川が目を細めて話に入ってきた。

「はい、山本様のご家族の方にはいつもご贔屓《ひいき》にしていただいております」

「はは、でも小川さんがここにいてくれて良かったよ。落ち着けるから」

「ありがとうございます。新規にオープンしたここが落ち着くまではと、この私がオーナーに任されております」

「うん、小川さんがいれば間違いないと思うよ」

「ありがとうございます――四名様でのご予約でしたね？　席の方、ご用意できております。お連れ様は――」

小川が香に目をやりながら、淳也に問いかける。

「うん、ありがとう。後ろの二人がそうだから」

亮と恵梨花を目にして納得したように頷いた小川は一礼する。

「かしこまりました、それでは席の方までご案内させていただき――？」

小川が香達を誘導しようと手で示し、足を動かそうとしたところで突然ピタリと立ち止まり、目を見開き驚いた顔でゆっくり振り返った。

その目の先は淳也と香を通り越して、亮と恵梨花の二人に向けられている。

ここで香は、こういう店の人でも恵梨花の美貌《びぼう》に驚くのかと勘違いした。恵梨花のあまりの可愛さに、二度見をしてしまったのかと思ったのだが――

「さ、桜木様――!?」

香は再び目眩《めまい》を起こしそうになった。

「……？」

小川に驚きながら呼びかけられた亮は首を傾げ、それから訝しげに眉を寄せた。その顔にはあからさまに「誰だ？」と書いてある。

小川はそれに気づいたからか、居住まいを正して一礼した。

「失礼しました。以前、本店の方でご挨拶させていただきました、小川です」

「……？」

亮の顔から不審さはなくなったが、依然《いぜん》として、小川のことがわからない様子だ。

「……本店で挨拶させていただきました時、桜木様はオーナーの香川と共におられましたが、お忘れでしょうか……？」

少し焦ったような小川に、亮は首を捻って考えて、考えて、考えた末に――

「あー、香川……香川……――！　あ、香川会長のことか？　ああ、思い出したよ、あんたのこと。そうだ会ったことあったな。そうか、ここ、会長が経営してるあの店の支店か！　どうりで見覚えあると思った」

ポンと手を叩いてスッキリした顔をした亮の横で、恵梨花が信じられないと言わんばかりにギョッと驚きを露わにした。

やはり亮と付き合っている恵梨花でも、自分の彼氏がこんな立派な人と知り合いだなんて信じられないのだろうと、香は勘違いをした。

しかし、恵梨花の言葉は香には思いもよらないものだった。

「う、嘘……！　亮くんが、亮くんが――忘れていた人を思い出した……!?」

それはそんなに驚くことなのだろうか、と香には訳がわからなかった。

「……いや、その驚き方どうなんだ、恵梨花」

「だ、だって、亮くん、梓と咲《さき》の苗字すら思い出すのに時間かかるぐらいだし、絡んできた野村《のむら》くんのことさえ完全に忘れてたし……」

「梓と咲のことはともかく……誰だよ、野村って。初耳だぞ、そいつは」

「ほら、また忘れてる」

「いやいや、会ったことないやつのこと忘れてるって言われても、流石に困るぞ、俺は」

亮のその堂々とした物言いは、本当に会ったことない人の話題をしているようだが、恵梨花の呆れた目を見ると、おそらくは忘れてるのだろうと香には思われた。

「香川会長って、あの――？」

淳也が怪訝そうにボソッと呟いたが、その声が聞こえたのは香だけだっただろう。

「ご、ゴホンッ――ご歓談《かんだん》中のところ、失礼します。それで桜木様、本日はご来店くださりありがとうございます――一つお聞きしたいのですが、よろしいでしょうか」

どこかホッとした様子の小川が、わずかに緊張を浮かべて丁寧に亮へ尋ねた。

（……えー……いや、ちょっと、こんな立派な感じの人が、こんな丁寧な態度取るって……いや、本当何なのよ、恵梨花の彼は!?）

思わず天を仰いだ香の隣では、淳也が興味深そうに亮と小川のやりとりを見ていた。

亮が首を傾げる。

「何だ？」

「はい――今日、お越しになられることは、オーナーには伝えられているのでしょうか……？」

「いや？　俺だって今日この店に来ることになるなんて知らなかったし」

「そ、それなら、今日はまたどうして――」

最後まで言わずとも、後に続く言葉がわかったのは香だけではないだろう。

「いや、どうしても何も、今日も俺は連れられただけだしな」

そう言って、亮が顎をクイと向けた先は香達――正確には淳也だ。

そこで小川はハッとしてから、苦笑する淳也に視線を向け、ハンカチで額に滴《したた》る汗を拭《ぬぐ》った。

「さ、さようでございましたな。これは失礼しました」

小川は、淳也のことが頭から離れていたようだ。

「いや、小川さんのそんな珍しいところも見れたし、ね」

淳也が茶目っ気を込めて笑いかけると、小川はホッと安堵の息を吐いた。

「はは、これは一本とられましたな――ところで、お二人はどのようなご関係かお聞きしても――？」

「んー、友達、かな？」

言いながら淳也は亮へ目を向ける。

「ああ、だな」

逡巡《しゅんじゅん》することなく、亮は頷いた。

二人のやりとりを見て香は驚いた。

本当に知らない間に、この二人は仲良くなっていたようだ。

「さようでございましたか――それでは改めまして桜木様、山本様、席の方へとご案内させていただきます」

そう言って小川は先ほど案内しようとした時と同じ方向へ足を向けようとした――ところで一度立ち止まると、少し考えるように顎に手を当てたかと思えば、体の向きを九十度変えて、手で方向を示した。

「――こちらへ、どうぞ」

そうして小川の後に四人が続く中、香は疑問に思った。

（……最初に案内しようとした時と向きが違ったよね……？）

店に入ってから小川は店の入り口から右側に案内しようとしたが、今は左側に案内されている。

不思議に思ったのは淳也も同様だったようで、首を捻っている。

そうして、小川は四人を店の奥まった場所へ連れ、そこにあった個室の扉を開け、淳也達へと振り返った。

「――こちらをお使いください」

香は淳也と一緒に中を覗き込んで驚いた。

店内に入ってからその綺麗さ、上品な雰囲気に驚いていたが、その中でもまさか個室に案内されるなんてと。

ここに案内されるまでの間でも、テーブル席はいくつもあり、さらには店内の壁がガラス張りだったからどの席に座っても景色は楽しめるだろうと香は心を躍らせていた。

それだって十分に贅沢《ぜいたく》なことなのに、個室でとなると、ここからの景色は香達の独り占めみたいなもので、香からしたらとんでもなく豪華なことのように思えたのだ。

「個室があることは予想してたけど……」

まさか通されるなんて、という言葉が続くのが聞こえずともわかるような淳也の言い方だった。

「え、個室!?　いいんですか……？」

後ろにいて首を伸ばして中を見た恵梨花が、香が思っていたことそのままを小川に聞く。

「はい、構いません。ご遠慮なくお使いくださいませ」

そう言って一礼されてから、淳也は脇に寄って香と恵梨花に「先にどうぞ」と促した。レディファーストということだろう。香は淳也が自然とそういうことをするところが好きだった。

わあっと、香は恵梨花と共に中へ足を踏み入れ、ガラスの壁に張り付いた。

「すごい！　さっき見てたとこより、景色が綺麗！」

「本当！　見て、香！　あそこに観覧車見えるよ！」

「あ！　本当だ！」

そうやってキャッキャと香と恵梨花がはしゃいでいると、苦笑と共に淳也が背後に立った。

「多分だけど、あの観覧車、夜になるとライトアップするんじゃないかな」

その言葉に香と恵梨花は顔を見合わせた。

「そっか、夜景！　うわあ、ここから夜景見たら素敵だろうな」

「本当にね、街の灯りだけでなく、ライトアップした観覧車をここから一望出来るなんて！」

「見たーい!!」

香と恵梨花の声がハモる。

「ふうん……確かに、ここからなら、ゆっくり夜景が見れそうだな」

淳也と一緒に後ろに並び、それほど興味なさそうな亮に、恵梨花が振り返った。

「もう、なんでそんな反応なの？　亮くんは夜景に興味ないの？」

「いや、興味ない訳じゃねえけど……」

困ったように頭を掻いて苦笑する亮に、淳也が聞いた。

「もしかして、夜景、けっこう見慣れてるとか？」

「んー……ははっ……」

肩を竦め、そうやって誤魔化すように笑う辺り、淳也の推測は正解なのだろうとわかった。

「えー⁉　亮くん、そんな⁉　いつ！　誰と見てるの⁉」

焦ったような恵梨花に掴まれて亮がガクンガクンと揺さぶられる。

「お、落ち着けって、恵梨花……バイトの時だって……」

「……バイトの時……？」

「ああ——どうも、俺の依頼人は色んな意味でこういう『高い』ところが好きみたいでな、よく付き合わされてる」

「あ、あー……」

非常に納得したような声を出す恵梨花。

そして新しいワードが出て、コンビニバイトの設定はどこに行ったのかと考えることもなく、香の頭の中で迷推理が走る。

（依頼人……！　そうか、どっかの黒い怪しげな組織の人ね、きっと……なるほど、夜の密会でこういう高いお店を利用してるのね……！　確かにそういうイメージがあるわ！　やっぱり私立探偵……）

うんうんと一人頷いていると、淳也がボソッと香に囁いた。

「香、それは多分違うと思うよ……？」

驚きに目を見開きながら香は振り返った。

「え……!?　淳也さん、私の考えてることがわかるんですか!?」

「そりゃあ、わかるよ」

「そんな……！　流石、淳也さん！」

「ああ、うん……と、とりあえず、座ろうか。座っても景色は見えるんだし」

その言葉は亮と恵梨花にも向けられていて、二人も揃って同意するように頷いた。

窓側の席は香と恵梨花に譲られ、その隣にそれぞれのパートナーが座ってから、小川が声をかけた。

「ご注文ですが、先にお飲み物はいかがなされますか？」

その言葉に香と恵梨花は「あれ？」と小首を傾げた。

「？　小川さん、今日はビュッフェで予約してたはずだけど？」

当然のように同じ違和感に気づいた淳也がそう聞いた。

ビュッフェとは別に飲み物のオーダーも受け付けることもあるだろうが、小川の聞き方はまるでドリンクの後に、他に何か色々注文を聞くのが前提かのようだ。

その意味も含めての淳也の問いかけに、小川は目をパチパチと瞬《しばた》かせたかと思えば苦笑し、一礼した。

「失礼しました。ビュッフェで承っております。本日はドリンクをサービスさせていただきますので、お好きなものをご注文ください」

「……って、そう言われても確かビュッフェの中にドリンクが色々あったと思うんですが……」

「はい、ソフトドリンクは各種揃えてます。アルコールは……今日は皆様未成年のようですので、ノンアルコールカクテルをお作りいたしますが、それでよろしいでしょうか？」

小川は落ち着いた口調で述べる。

「ええ」

淳也と一緒に、恵梨花と香が揃って頷いた——亮以外が頷いたとも言う。

「では——そうですね、ビュッフェですが、少々、この席から離れた場所となっています」

「ああ……そういえば、ここに来る途中に見ませんでしたね」

淳也がそう言ってから香も気づいた。

確かにここに来る途中まで見なかったということは、おそらく店の反対側にビュッフェが並んでいるのだろう。だとしたら確かに遠いかもしれない。

(でも……この景色を独占出来るなら、文句ないかな)

そう考えることが出来て特に不満のなかった香の耳に、驚くべき言葉が入ってきた。

「――ですので、この部屋にビュッフェのメニューを運ばせていただきます。少々お待ちいただけるでしょうか」

「……はい?」

ポカンとしたのは香だけでなく、淳也、恵梨花もだった。

「え――こ、ここに、ビュッフェのメニューを持ってくるんですか? 全部――?」

困惑の色を浮かべている淳也へ、小川は当然のように頷いた。

「はい。ビュッフェでご予約されたにもかかわらず、この席を案内したのはこちらの不手際ですし――」

「そんな、この景色見られるんですから、そんなの不手際のように思いませんけど……」

思わずといったように恵梨花が口を挟む。香もそれに同意するように頷いた。

「そう言ってくださるのは幸いですが……その――ゴホンッ――桜木様がいることを考慮に入れれば、その方が他のお客さ――その方がごゆっくりお食事いただけるかと存じますので」

何故か途中で言い直していたが、その意をハッキリ汲み取った恵梨花は、あっさりと前言を翻した。

「そうですね、お手数ですがお願いします」

真剣な顔で頷く恵梨花に、小川は同じような表情で頷き返した。亮はそんな二人からさり気なく目を逸らしていた。

呆気に取られる香と淳也をよそに、小川は続けて言う。

「ないとは思いますが……この部屋に運んだからと言って、食べ残しを気にされなくて結構です。ビュッフェですので、召し上がりたいものを召し上がりたいだけ、ご賞味《しょうみ》くだされば幸いです」

「え、ええ……」

淳也が呆然と返事をする横で、香は未だ呆気に取られたままだ。

(え……？　マジでここにビュッフェのメニューが来るの……？)


「うわあ……」

個室に次々とカートで運ばれる料理を目にして、香が呆然とした声を漏らす。

「これは……すごいね……」

淳也は頬が引き攣りそうになっていた。

「……なんか、光景はビュッフェだけど、実態は普通に料理が来た感じだよね、これ」

恵梨花が的確なことを言った。四人のために運ばれてきたのだから、間違ってないだろう。

「まあ、楽でいいじゃねえか。いちいち遠くまで取りに行かずに済んで」

そんなことを言う亮は、運ばれてくる料理に目が釘付けだ。

そう話している内に複数のスタッフによって、テキパキと台が設置され、その上に料理が並べられた大皿が載《の》せられていく。

「――では、用意の方が整いましたので、どうぞ、お召し上がりください。ご用のある時はお手数ですが、そちらのベルを鳴らしていただければ、すぐ伺わせていただきますので」

一礼して小川が退室すると、呆然として座ったままの香、淳也、恵梨花の前で亮が立ち上がって、不思議そうに三人へ振り返る。

「食わねえのか？」

ハッとして、三人がまばらに立ち上がる。

「ねえ、なんで亮くん、そんな普通に受け入れてる感じなの？」

三人が共に思っていたであろうことを恵梨花が聞いた。

「うん？　ああ、似たようなこと前にもあったしな、ここでなく本店だっけか？　そこで」

「え、本店で？　こんな状況に？」

怪訝に淳也が問うと、亮は頷いた。

「ああ。この店を経営してるって人に連れられてな、ここみたいな個室で、今みたいに料理を並べられてご馳走《ちそう》になったからな。だから個室だと、こういうのよくやってんじゃねえか？」

「経営者って――オーナーと!?　その人にご馳走してもらったって言うのか!?」

驚愕を露わにする淳也に対し、亮は至って普通の調子で頷いた。

「ああ、あんたが言ってた通りに、美味かったな――さあ、食おうぜ、恵梨花」

呼びかけられた恵梨花は目玉をグルリと天井を向けたかと思えば、亮と目を合わせて強く頷いた。

「――うん、亮くんだしね」

香はその表情に諦めを見た。

「……なんか誤解してねえか？」

「ううん、何も誤解してないよ。さあ、亮くん最初はサラダだよ!!」

「あー、やっぱり？」

「当然でしょ！　お肉はその後で！」

「へいへい……」

そうして二人並んで、お皿に料理を載せていく。

「……はあ、俺達も食べようか、香？」

どこか疲れたように苦笑を浮かべる淳也に、香は躊躇《ためら》いがちに頷いた。

「そ、そうですね……あの、淳也さん、ここの経営者の人って知ってるんですか……？」

「ああ……俺は直接会ったことないけどね。でもテレビに出演してるのを何度か見たことあるよ」

「え――!?　テレビに出るような人なんですか!?」

「ああ。と言うより、取り上げられたっていうかね、やり手の経営者特集とかで……その人、この店だけでなく、他にも色んなお店持ってる人でね——まあ、平たく言うと、とんでもないお金持ちだよ」

「へ、へえ……え、さっき食事をご馳走になったって恵梨花の彼が……」

「そう、だからすごく驚いたよ。何があったらそんなことになるんだって……」

まったくもって淳也の言う通りで、香はあんぐりと口を開いた。

「ったく……次から次へと興味を掻《か》き立ててくれるね、彼……さ、香、食べようか」

「は、はい——あ、カルボナーラ！　淳也さん、これすごく美味しそうですね」

好物を発見してテンションを上げる香。ここでは脳内彼氏合戦をしない——しない方がいいと判断した彼女は、今年一番賢かった。

「うん、そうだね……？」

「？　どうしたんですか、淳也さん」

「え？　ああ、カルボナーラって確か、選んで来るはずのメインの一つだったはず……」

「……？　そうなんですか？　でもメインって他に何が選べるんですか？」

「ああ、確かトマトソースのパスタにいくつかの種類のピッツァ……」

言いながら淳也が目を動かしていくのに釣られて、香も同じ方向に視線をズラしていく。

「……」

「……」

「淳也さん……」

「……うん、全部来てるね——大皿で」

そう、二人が見たのは淳也が言っていた、選んで注文して来るはずのメインが、全て並んでいる光景だった。

それが何故、注文してもないのに全種類大量に来ているのか。

「……」

「……」

何となく察することはできるが、二人はもう突っ込む気になれなかった。

「食べようか……」

「はい——こうなったら全部食べてやりましょう！」

香がヤケクソ気味に言うと、淳也は目を丸くして噴き出した。

「——そうだね。でも、ほどほどにね」

「……はい」


「ご馳走さまでしたー」

「はー、食った食った。外食で満腹になったのは久しぶりかも」

ご機嫌な様子で恵梨花と亮が手を合わせた。

「美味しかったね、亮くん」

「そだな……」

「？　本当に？　なんか物足らなそうに見えるけど……」

「あー……そう見えるなら、大体は恵梨花のせいだな」

「え⁉　な、なんで――⁉」

「正確には、恵梨花とお母さんのせいだな。恵梨花の家で食う恵梨花とお母さんが作った飯の方が満足感あるんだよ。すっかり舌が肥えちまった」

肩を竦めて困ったように、悪戯っぽく言う亮に、恵梨花は頬を染めて照れたように亮の肩をパシパシと叩く。

「もー、亮くんったらー！」

「ははっ……」

そんな風にバカップルぶりを披露する二人の対面にいる淳也と香はどうしてるかといえば――

「――嘘だろ……」

「冗談だったのに……絶対食べ切れないと思ってたのに……」

全ての皿が綺麗に片付いてしまったことが信じられず、呆然としていた。

亮をチラッと見て香は淳也へ聞いた。

「え、な、何人前ぐらいありましたっけ？」

「わ、わからないけど……到底、四人で食べ切れる量じゃなかったはずだ」

「で、ですよね……」

未だ目の前の光景が信じられず、香は思わず食事の間のことを思い返した。

そう、途中まではごく普通な食事の光景だったのだ。

主に香と恵梨花が話を繰り広げ、そこへたまに淳也や亮が混ざったりと、雑談を楽しんだりしていた。

そんなごく普通な食事の風景の様相が変わったのは、香と淳也が一通りの料理を楽しみ、デザートに移ろうかという時だった。

恵梨花が「このお皿の料理もう食べない？」と二人に聞いてきたのだ。

味わったし腹も膨れていた二人が逡巡することなく頷くと、恵梨花は大皿の上に残っている料理を小皿に移さず、大皿ごと亮の前に持って行った。そして、亮はそれを流れ作業の如く口に運び始める。

この一連が繰り返され——途中で空いた大皿を恵梨花が元に戻す作業が加えられ、気づけば文字通り山のようにあった料理が、全て片付いていたのである。

圧巻だったのはやはり大皿に盛られ残っていたパスタが瞬《また》く間になくなった時だ。

香はパスタ製造マシンを逆再生したらこのような光景になるのではと思った。

そしてもう一つ印象的だったのが、そうやって亮が残っている食事を片付けている途中に小川が入ってきて、空になっている数々の大皿を当たり前のように眺めて、そしてこれまた当たり前のように「何か追加を希望されるものはございますでしょうか」と聞いてきたことだ。

香は一瞬何を言ってるのかわからなかったが、それは淳也も同じだった。

恵梨花は少し驚いていただけだったが、すぐ亮を窺って首を傾げた。

「もういらないよね？」

そう聞かれた亮は少し考えてから「そうだな」と頷いたのである。

考える余地があったことにも驚きだが、そこで小川が少し意外そうに目を瞠ったのが、また印象的であった。

そうしてそう時間をかけず、亮はこの個室にあった料理を文字通りに食べ尽くしてしまったのであった。

そして今は香と淳也の目の前で、食後の運動とばかりにイチャついている。

「いや、はは……桜木くん、そんなに食べて大丈夫なのかい？」

淳也が頬を引き攣らせながら聞くと、亮は何のことかと首を傾げた。

「何が……ああ、大丈夫だぜ」

「そ、そうか……すごい量食べれるんだね」

「んー……まあ、成長期だしな」

「え、その言い分はどうかと……」

思わず香が割って入ってしまった。

亮の食事量は成長期だからで済ませられる範囲を明らかに超えている。

それにその理屈で言うと、同年代は全員亮と同じ量を食べれることになってしまう。

「ははっ……もう食い終わったし、出るか？」

苦笑した亮が淳也へ目を向けると、淳也は少し逡巡してから香へと目を合わせた。

「えーっと……あ、その前にお手洗い、行きたいかな」

香が言うと、恵梨花が相槌を打った。

「あ、私も――亮くんは？」

「俺は今でなくていい」

「そっか、じゃあ香、行こ？」

「うん――じゃあ、行ってきますね、淳也さん」

「ああ、待ってるよ」

そうして淳也と亮に見送られて個室から出た香は、並んで歩く恵梨花へと早速尋ねた。

「ねえ、ちょっと、恵梨花！　あんたの彼、一体何なのよ⁉」

「え、亮くん？　ああ、流石に食べ過ぎだよね」

「違うわよ！　いや、違わなくないか……それもそうだけど、一体何者なのよ⁉」

香がストレートに聞いてみると、恵梨花はパチパチと目を瞬《しばた》かせた。

「亮くんは……今日はずっと素でいたし、見た通りだと思うけど？」

「ええっと……そういうんじゃなくて」

「そう言われてもねえ……じゃあ、山本さんは何者なの？　って香が聞かれたら？」

「じゅ、淳也さんは大学生で――」

「うん、亮くんは私達と同級生の高校二年生だよ」

「う、運動神経も良くて――」

「亮くんの運動神経は……うん、すごいよ」

「あ、高校の時はテニス部で部長やってたって」

「部活はどこにも入ってないって言ってたかな……家の道場で稽古してるみたいだし」

「そ、それで、そう勉強が出来て頭が良くて――」

「亮くんは勉強は嫌いみたいだけど……一緒にやってみたら出来ないことはないってわかったかな。

あと、頭の回転が早いなって思う時と――そうでない時とがあるかな」

「あ、後、家はお金持ちみたいで――」

「それは私は知らないかなー」

「あ、カフェでアルバイトして――」

そこで恵梨花はサッと香から目を逸らした。

「――本人はコンビニでバイトをしてると……」

「はい、ダウト――!!」

香が人差し指を突き付けながら叫ぶと、恵梨花は困ったように微笑んだ。

◇◆◇◆◇◆◇

個室に残った二人は奇《く》しくも――でもなく、パートナー達と似たような話をしていた。

淳也は亮にこう語りかける。

「この店のオーナーの香川会長って、やり手の経営者として有名でね。数は少ないけど全国規模で展開してるチェーン店なんかも経営してたりする人なんだよ。知ってたかい？」

「……なんか、そんなようなこと言ってた気がするな」

思い出しながら言う亮に、淳也は苦笑する。

「今じゃ、どれだけ忙しいのか想像もつかないほどの人だよ……そんな人に桜木くん、食事をご馳走になるなんて……とても、普通じゃないことなんだけど、理解してる？」

「……」

はぐらかすように無言で肩を竦めた亮に、淳也は苦笑を深める。

「ごめん。別に詮索《せんさく》する気はないんだ。桜木くんが何のバイトをしてるのかは気になるけど、それは聞かない方がいいみたいだから聞かない」

「……俺はコンビニだと言ったと思うんだが……？」

「ああ、うん。そうだね、コンビニだったね。最近のコンビニのバイトは、なかなか専門的な技術が必要みたいだね？」

「……みたいだな」

淳也は本当に詮索をするつもりはない。藪《やぶ》をつついて蛇《へび》を出す気はないのだ。ただ、亮という人間に興味を持っただけである。

これまでの会話もそういう意思を出しながら、雰囲気が重くならないよう軽妙《けいみょう》に話している。それが亮にも伝わり、両者共に苦笑を浮かべて、穏やかな雰囲気が流れ始めた。

「でもさ、一つだけ聞きたいことがあるんだけど……いいかな？」

淳也の軽いが、これだけは、という思いが乗った問いかけに、亮は頷いた。

「答えれることなら」

「よし——ここのオーナーとはどういう関係なんだい？　ああ、桜木くんのバイトでの依頼人というのはわかってる。聞きたいのは、そこからどんな関係を持って、食事をご馳走になったかが聞きたいんだけど……ダメかな？」

無理なら無理で諦める、というニュアンスも混ぜたその言葉に、亮は頭をガシガシと掻いた末に苦笑を浮かべた。

「いいとこ突くな、あんた」

「あー……無理にとは言わないよ？」

「いや、別にいいか……俺が香川会長の、そうさな……危ないところを助けたからってとこだな」

「危ないところを……助けた――？」

「ああ。どういう場面で助けたのかは言わねえが……これだけ言えば、察しはつくんだろ？」

「……おそらくってとこだけど。でも、いいのかい、そこまで言って？」

「聞いたあんたが言うなよ」

思わず笑った様子の亮に、淳也も笑みを浮かべる。

「ははっ……まあ、そうだけどね」

「……言ったのは、もしかしたら香川会長があんたにコンタクトを取るかもって思ったからな」

「……え？　俺に？」

「ああ。あの会長、会う度にうるせえんだよ。うちの専属にならないか、学校卒業したらうちに来ないかってな。その度に断ってんだが、ちっとも聞きやしない。しまいには、こっちの方に店開いたから、いつでも遊びに来てくれってな――行ったらうるさそうだから無視してたんだが、思いがけず来ることになった訳だ」

肩を竦めて言うその姿に見栄はまるで見えない。同時に淳也はこの店に来てから不思議に思っていたことが全て腑に落ちた。

「……色々と納得したよ。本当に色々と」

だから噂でしか聞いたことのない、このＶＩＰルームに通されたのかと。

「そうか。つまり、来い来い言われても無視してた店に、初めて来たのがあんたと一緒だったからな。もしかしたら興味を持たれるかもしれん。家族でよく来るんだよな、この店——いや本店の方か？　その時に何か言われるかもしれんからな、それだけは今謝っとく、すまん」

悪戯っぽくしれっと言われて、淳也の頬が引き攣った。

「は、はは……なるほど」

まさに一本とられたという気分を淳也は味わった。

「……俺からも一つ聞いていいか？」

「何だい？」

淳也が促すと、亮はアイスコーヒーを飲みながら至って普通な調子で聞いたのである。

「朝に会った当初は、俺にも恵梨花にも敵意があったようだが……なんでだ？」

ギクリとした淳也だが、動揺を最低限に抑えて返答する。

「……流石だね。いや、そういった鋭さがあるからこそ、香川会長に気に入られてるのかな……？」

浮かんだ動揺をよそに思索《しさく》に耽《ふけ》りかけている淳也に、亮はくくっと低く笑った。

「質問に答えてくれねえのか？」

「ああ、ごめんごめん……うん、そうだね。その敵意がもうなくなっていることに察しがついてることも含めて認めるよ。確かに朝に会った時は敵意が……なかったとは言わないよ」

「そうか……理由を聞いても？」

亮が物騒な気配を出していないということと、そして亮をよく知らないからこそ、平静でいられることに気づいていない淳也は、短く息を吐いた。

「ああ、それだけど……藤本さんから何も聞いてない？」

「？　……あんたのことか？」

「ああ、その反応でわかった。何も聞いてないんだね――いや、彼女からしたら自分から言いたくなくて当たり前か」

「？　恵梨花と会うのは初めてじゃないの――あ」

気づいたような亮に、淳也は苦笑を浮かべる。

「察しがついたみたいだね、そう、俺は彼女にフラれた男の一人だよ」

「あー……なるほど……」

少し気まずそうになった亮に、淳也はおどけるように肩を竦めた。

「狭量《きょうりょう》な男だと笑っていいよ。フラれた上に名前だけでなく顔まで忘れられてたことに、思わず腹が立ったんだ。しかも、自分をフッた女の子の彼氏が、最初ダラシなく見えて、その筋合いもないのに、腹が立ってしまったのさ」

言いながら自分で自分に呆れの苦笑を浮かべた淳也に、亮は困ったように眉根を寄せた。

「……笑わねえよ。俺だって、同じ状況になったら、どうなるかわからねえし」

「そっか。君がそう言ってくれるような男でよかったよ」

「――ただ、忘れてたってことは勘弁《かんべん》してやれよ。恵梨花からしたら、数百人の内の一人になっちまうんだから……俺だったら考える余地もなく忘れてる自信がある。ああ、あんたにとっては『一人』だってことはわかってるが」

そう、恵梨花にとって淳也はフッた数百人の男の内の一人であるが、淳也からしたら惚れた女の一人なのだ。

亮がそれを汲み取ってくれるような男でよかったと、改めて思いながら淳也は苦笑する。

「わかってるよ」

「あと、まあ……遅れて来たのは悪かった」

「いや、いいよ。それはもう」

「……それでその敵意がなくなった理由を聞いても？」

頷いた亮にそう聞かれて、淳也は思わず笑ってしまった。

「ああ、それはね、桜木くんと一緒にいる時の彼女を見てたら、ああ、藤本さんも普通の女の子だったんだなって思えてね……どうも、彼女に理想を抱き過ぎてた自分に気づいたんだ。そのせいだよ」

素直に答えると、亮は照れたように目を逸らしてポリポリと頬を掻いた。

「そうか……」

「ああ――それに、今の俺は香と付き合ってるしね」

「そうか、そうだな……なあ、一つ言ってもいいか？」

「……予想がつくのがなあ」

再び苦笑を浮かべて頷くと、亮は肩を小刻みに震わせながら言ったのである。

「あんたの彼女……独り言多くないか？」

「あー、うん。やっぱり聞こえてる？」

「ああ。全部が全部聞こえてる訳じゃねえけど、繋げたら何を考えてるのか丸わかりじゃねえか」

「そうなんだよ……じゃあ、香が君のバイトを私立探偵だと思ってることも聞こえてた？」

淳也がそう言うと、亮は口に含んでいたアイスコーヒーをぶちまけてしまった。

「ぶふっ――おい、やめねえか！　必死で聞こえない振りして、忘れようとしてんのによ！　なんなんだよ、怪しい黒の組織って……」

「ふっ、くくっ――ああ、ごめんごめん。ええと、布巾《ふきん》は……あったあった」

淳也は笑いながらテーブルの隅にあった布巾を亮に投げる。

「恵梨花に止められなかったら、何度その独り言をやめろって言ってたかわかんねえぞ……」

「藤本さんには感謝しないと。香のあの独り言がなくなるのは寂しいからね。ああ、一つ言っておくと、香のあの独り言は、香が信頼してる人の前でしか出ないから。初めて会っただけの人の前じゃ流石に出ないから。今日は俺と藤本さんがいるから、桜木くんがいてもダダ漏れなんだよ」

「いや、あんた、言ってやれよ」

「そんな——香はあれがあるからこそ可愛いんじゃないか」

それを言うなんてとんでもないと主張する淳也に、亮は呆れた目を向けた。

「……あんたの趣味も大概だな。彼女、ずっと俺とあんたを比べてるじゃねえか」

「ああ、うん。今のところ桜木くんに負け越してるっぽいね。どうしようかな。桜木くん、何か苦手なことってないかな？　この後、それで勝負とかしてみない？」

「……けっこう大物だな、あんた」

「はは、桜木くんには負けるよ」

「……亮でいいぞ」

「え？」

「苗字でなくて、名前呼び捨てでいいぞ。長いと面倒だろ」

そっぽを向きながらの亮の言葉に、淳也は思わず苦笑する。

「そっか。じゃあ、俺も名前の呼び捨てでいいよ、亮」

「ああ……………」

不自然な沈黙から、淳也は察して呆れの目を向けた。

「……淳也だからね」

「お、おう、淳也」

◇◆◇◆◇◆◇

「――だからポーカーとかカードゲームしてる時なんかは、聞こえない振りするのが大変でさ」

「はっは、そんなんだとゲームにならねえじゃねえか」

扉を開けると、そんな楽しそうな声が聞こえてくる。

「お待たせしましたー……」

香が恵梨花と一緒にトイレから戻ると、淳也と亮が和やかに向かい合って談笑していた。

「ああ、おかえり。じゃあ、もう出ようか、亮」

「そうだな、淳也」

そしていつの間にか二人して、名前で呼び合うほどに仲良くなっている。

恵梨花など目を丸くして「まあ、珍しい……」などと言っている。

「もう出る、でいいよな、恵梨花？」

「あ、うん。大丈夫だよ」

亮に頷く恵梨花の隣で、同じように問われていた香も淳也に頷く。

「はい、構いません」

「よし、じゃあ、各自忘れ物がないよう気をつけてね」

淳也がそう言って、亮と共に席から立ち、個室から出ようと足を向ける。

「ちょ、ちょっと、亮くん！　スーツの入った紙袋、忘れてるよ‼」

「ん？　ああ、ありがとよ」

「もう、こんな立派なスーツを忘れちゃダメじゃない」

「まあ……スーツの割に動きやすいことは認めるが……」

「だけじゃなく、すごく亮くんに似合ってるでしょ！」

「……そんなにか？」

「何言ってんの⁉　すごくよく似合って格好いいじゃない⁉　ユキ姉だって言ってたし、朝のバイクとスーツの亮くんの写真送ってから、スマホ越しでもわかるほどユキ姉、興奮して絶賛してたし！」

「え、ユキに送ったのかよ……」

隙あらばと言わんばかりにイチャつき始める二人を背に、香は淳也と共に店の入り口へ向かう。

（でも確かに恵梨花の彼、スーツ似合ってたな……ふ、ふふん。男ぶりなら淳也さんだって負けてないし！　スーツだって似合うはず……そういや、淳也さんのスーツ姿って見たことないな……）

大学生がスーツを着る機会は特殊な場合を除けば入学式、卒業式の他には就職活動の時ぐらいだろう。大学一年の淳也だと、もう滅多にスーツを着る機会はないはずだ。

そのことを残念に思って香が思わずため息を吐いていると、少し考え事をしていた風な淳也が言った。

「……香、今度この店にディナーを食べに来ようか。夜景が見たいって言ってたよね？」

驚き目を見開いて、香は顔を上げる。

「え⁉　本当ですか――⁉　いえ、でも、ディナーだと高いんじゃないんですか？　いいですよ、そんな」

「うん。確かに高いよ。でも払えないほどじゃないから大丈夫だよ。たまに行くぐらいなら、俺のバイトの稼ぎでも十分だから」

「え、で、でも、そんな――」

「来月は香の誕生日じゃないか、その時にご馳走させてもらいたいな」

「え――誕生日に……⁉　い、いいんですか……？」

そういう名目なら遠慮しない方がいいかと、香が窺い直すと、淳也はニコリと頷いた。

「ああ。その時はそうだね……スーツなんか着てエスコートさせてもらおうかな」

「スーツ⁉　本当ですか⁉　じゃあ、是非‼」

なんてタイムリーな。淳也のスーツ姿を見たいと思っていたら、早々とその機会が訪れそうなことがわかって、香は歓喜する。

「うん、じゃあ、楽しみにしててね」

「はい――！」

元気よく返事をすると、淳也は微笑ましいように香へ頷いた。

香はまたも脳内で彼氏自慢を始める。

（ふっふーん、どうよ、恵梨花！　淳也さんのこの気配りというか、大人っぽさというか!!　なんか変わってるみたいだけど、高校生の彼だと、なかなかこうはいかないでしょ!?）

得意げになった香がチラッと後ろへ目向けると、顔を俯かせながら口に手を当て肩を震わせている亮と、その亮に向かって、恵梨花が窘めるような目を向けているのが見えた。

（……？　なんだろ、もしかして食べ過ぎて苦しいのかな？）

心配になって声をかけてみる。

「どうしたの、大丈夫？　お腹の調子が悪くなったのなら休んでいく？」

「ふっ、くっ……だ、大丈夫だ――！」

「香、大丈夫だから。亮くんのお腹が調子悪くなるなんて、夏に雪が降るのと同じぐらいの可能性だから」

つまりありえないと言っている恵梨花に、香は戸惑った。

「そ、そう――？」

「香、二人もそう言ってることだし、大丈夫だよ」

「ですかね――？」

「うん、大丈夫だから」

淳也に断言されて、香は納得することにした。

「……こいつは大変だな……」

「ダメだからね、亮くん」

「……わかってるって……」

疲れたような声が後ろから聞こえてきて、何が大変なのかと香が首を傾げていると、淳也が微笑みながら振り返る。

「……亮？」

「……ああ、わかってる」

それだけ言葉を交わして、淳也は前へ視線を戻した。

（……何か通じ合ってるような……何にだろ？　それにしても本当に仲良くなった感じね、淳也さんと恵梨花の彼）

再び首を傾げた香は、淳也から微笑みを向けられて思わずニコリと微笑み返した。

（ま、いっかー）

そうこうしている内に、店の入り口脇に立つ小川が見えてきた。

「――お会計で、よろしかったでしょうか？」

「ええ。俺達と――後ろの二人は別々で」

一番年上であるとはいえ、学生でもある淳也がここで全員分を支払うのはおかしいことから自然な提案と言えるだろう。亮の顔を立てる意味でも間違ってない。

香はなるほどと思いながら、ハンドバッグから財布を取り出す。

「かしこまりました――千円になります」

後ろの二人をチラッと見てから小川が告げてきた精算額に、淳也がピクッと体を揺らす。

「……一人、千円ですか？」

「いえ、お一人様五百円のお二人様で千円になります」

「やっす……」

食事の量、質を思い返した香が思わず呟くと、相槌を打った淳也が怪訝に言った。

「一人、確か千五百では……？」

「はい――ですが、今日はお一人様五百円だけ頂戴させていただきます。これ以上は受け取れません」

少し考えた淳也は後ろをチラッと見てから「なるほど」と呟いて、苦笑した。

「では、これで――ご馳走さまでした」

掲示された通りの額を淳也は財布から出して、小川は一礼して受け取る。

「あ、ご、ご馳走さまでした！　とっても美味しかったです――！」

未だに支払額が信じられずに呆然としていた香は、ハッとして心からの言葉を述べると、小川は柔和に微笑んだ。

「ありがとうございます、またのお越しをお待ちしております」

定型句を言っただけのようには思えないほど感情が込められた言葉に、香は淳也と共に会釈して背を向ける。

「淳也さん、これ――」

香は財布にちょうどあった五百円を差し出すと、苦笑して首を横に振った。

「はは。聞いてただろ？　本来の一人分の額よりずっと安く済んだこともあるし、俺に出させてよ」

「ええと――はい、ありがとうございます。ご馳走さまでした」

今までと同じく、これ以上言っても受け取らないだろう淳也に香は硬貨を引っ込めた。

「うん」

満足そうに微笑む淳也に、香も微笑み返すと、後ろから予想したような声が聞こえてきた。

「……安くねえか？　いや、安過ぎやしねえか？」

「オーナーから命じられまして、これ以上は受け取れません」

「……そういうことかい。ったく、どいつもこいつも――ほら、これで」

「？　ありがとうございます――ところで、桜木様」

「なんだ？」

「もう少ししたらオーナーが到着するので、出来たら是非挨拶をと申しておりますが――」

「そうか、ならさっさと行かねえとな」

小川の言葉にもギョッとしたが、嫌そうに顔を顰めた亮にも香は驚いた。

（オーナーって……淳也さんが言ってた超お金持ちの人よね⁉　そんな人から挨拶を望まれるなんて……それを断る彼も彼よ……本当に何者なのよ……さっきも恵梨花、肝心なところははぐらかすだけで答えてくれなかったし……）

香がここで思考を止めると、残念そうに小川がため息を吐いた。

「……さようでございますか」

「急いでるとでも言っといてくれ」

「……かしこまりました。またのお越しをお待ちしております」

「悪いな――行こうぜ、恵梨花」

「あ、うん。亮くん、これ――」

見ると、恵梨花も五百円を出しているが、亮は受け取ろうとしない。

「さっきも言ったが、俺に出させてくれって」

「でも――」

「てか、恵梨花、もう俺と一緒にいる時は財布持ってこないぐらいでちょうどいいぞ」

「流石にそれは……もう――じゃあ、ご馳走さまでした」

「おう――ははっ、いつもと逆だな」

「何が？」

「いや、いつもは俺が恵梨花とお母さんに『ご馳走さま』って言ってるしな」

「ああ……ふふっ、確かにそうね」

「だろ？」

盛大に太っ腹なことを言っている亮であるが、どうもそれ相応の理由があるようだ。

「じゃあ、行こうか」

「おう」

淳也の呼びかけに、四人はひとまずはとエレベーターへ向かう。

「ねえ、話聞いてた感じ、桜木くんって、ちょくちょく恵梨花の家に行ってるの？」

気になった香が聞いてみると、亮と恵梨花は逡巡することなく頷いた。

「ああ、そうだな」

「最近になってだけどね」

「それで――よくご飯食べてる感じなの？」

さらに香が尋ねると、亮はどう答えたものかというように首を捻った。

「よく――ってか、もうほとんど毎日だな」

そんな回答に、ギョッとして振り返ったのは香だけでなく淳也もだ。

「え、毎日――!?」

「あ、毎日なのは朝だけだよ。夜はたまに、ね」

朝食を毎日いただく関係とは昵懇《じっこん》にも程があるだろう。香は淳也と一緒に唖然《あぜん》とする。

「ああ、でも土日以外だけどな」

付け足すように亮が言うと、恵梨花も同じ調子で言った。

「お母さんは土日も来て欲しいっていつも言ってるけどね」

「土日は流石になー……バイトや道場もあるしな」

「それはわかるけど、やっぱり出来たら来て欲しいなー、ていうのは私もお母さんと同じ意見かな。見てないところで、栄養が偏った食事を食べてるんだろうなーって思うし」

「そう言ってもな……」

難しいと言いたげな顔をする亮と、当たり前のように話していた恵梨花を見るに、誇張《こちょう》でもなんでもないようだと香は思った。

(え、桜木くんって、すごい量を食べるけど、あれを毎日、人の——彼女の家でだなんて……⁉あ、でも——)

「一つ聞きたいんだけど、亮って朝は少食だったりする?」

香が疑問に思ったばかりのことを淳也が聞いた。

「いいえ、そんなことありませんよ。私も初めはもしかしたら、そうなのかもって思ってたんですけど、実際見たら全然そんなことありませんでした」

苦笑混じりに恵梨花が答えて、淳也の頬が引き攣った。

「そ、そう――なのに、藤本さんのお母さんは土日も来て欲しいって言うんだ……？」

「ええ、そうですね……言ってるのはお母さんだけじゃないですけど」

「へ、へえ……でも、なるほど……」

とにかく、亮が頻繁に藤本家で食事の世話を受けてることがわかった。ならば、亮が恵梨花に外で奢ろうとするのも自然の成り行きかと、香も淳也と一緒に納得した。

だが、それならと香は気になることがあった。

「ね、ねえ、気になってたんだけど、恵梨花のお兄さんは!?　そんなに恵梨花の彼氏が家に頻繁に行って大丈夫なの!?」

香が聞くと、恵梨花と亮は揃って疲れたような笑みを浮かべた。

「ああ、うん、まあ、お兄ちゃんは確かに初めて亮くんと会った時は、まあ――うん、まあ……」

「ああ、初めて会った時は、まあ……うん、まあ……」

二人して同じように濁す辺り、やはり色々あったようだ。

これ以上は聞かない方がいいようだと、流石の香でも察せた。

「そ、そう……桜木くん――頑張ったんだね」

「わかってくれるか」

亮に思いのほか真剣な顔で言われて、香は頬を引き攣らせながら頷いたのであった。

◇◆◇◆◇◆◇

「私ここ、けっこう久しぶりかも」

「そうなのか？」

レストランのあったビルを出た四人が向かったのは、入れば遊ぶものには困らないと評判の、スポーツ、アミューズメント、カラオケ、ボウリング、なんでもござれの娯楽施設、ラウンドテンである。

「うん。梓と咲と何回か行ったけど、それっきりだから」

「ああ、俺と付き合ってからは、ってことか……」

「あ、亮くん、責めてる訳じゃないからね？」

「ああ、わかってるよ」

「うん。亮くんは？　よく来るの、ここ？」

「俺か、バイト後の飲み会――飯食った後に、ボウリングしに来ることがたまにあるな」

「そう言えばそんなこと言ってたね……」

入場してから懐かしんでいた恵梨花と亮が話したところで、淳也が二人へ振り返った。

「さて――じゃあ、どこから遊ぶ？」

「俺はここは、ボウリングとカラオケ以外はろくにやったことねえしな……試す意味でなんでもいいぜ」

「私もなんでもいいかな」

亮と恵梨花のお任せという一番困る回答を受けた淳也は苦笑して、香を見た。

「私もなんでもいいですけど――どうせなら順に色々やってみませんか？」

「そうだな――じゃあ、それでいいか。亮達もそれでいい？」

「いいぜ」

「はい」

こうして四人は、すぐ目の前にあったということで、ゲームセンター風なアミューズメントの並んだ場所へ向かったのである。

◇◆◇◆◇◆◇

「ふー、ちょっと疲れたね」

恵梨花が缶ジュースを一口飲んでから言うと、亮は首を捻った。

「……そうか？」

「……体力お化けの亮くんに言った私が間違いでした――はい」

「ん」

恵梨花が飲んでいた缶ジュースを渡すと、亮は躊躇することなくそれを傾けた。

そんな二人の様子から、キスは何度かしてるようだと、彼女にしては珍しく間違ってない推測をして、香はベンチに座って休んでいた。

室内なのでエアコンがきいていて涼しいが、何かしら遊び続けると流石に汗をかくし、恵梨花の言う通り疲れもする。

(……確かに、ろくに汗もかいてないように見えるわね……恵梨花の言った通り、すごく体力がありそう)

香がそんなことをボンヤリ考えていると、淳也が買ってきたばかりの缶ジュースを渡してきた。

「はい、香」

「あ、ありがとうございます」

既に開封もしてくれていたそれに、香はすぐさま口をつけた。

ゴクゴクと飲んで一心地のついた香は、そうやって息を吐いた。

「――ふうーっ」

「あ、淳也さん、どうぞ」

恵梨花と同じく、一人で一本もいらない香も、淳也と半分こである。

「ああ、ありがとう」

受け取った淳也もゴクゴクと缶ジュースを傾ける。

（ふふん……私達もキスぐらいしてるし！　それも軽いのでなくてディープの――）

「ゴホッゴホッ――」

缶ジュースを飲んでいた淳也が突然、むせ始めた。

「え、淳也さん大丈夫ですか――⁉」

香は慌ててハンカチを出して、淳也の口周りを拭いてやる。

「ゲホッ――ああ、うん、ありがとう、香」

「いえ、別に――？」

少し照れたように頬が赤くなっている淳也に、香はどうしてだろうと首を傾げた。

「あー……淳也、次は何する？」

何故かぎこちなく、それでいて少し照れた様子の亮が、こちらと目を合わさずに聞いてきた。

しかも淳也と同じく、ジュースを零したのか口の周りを恵梨花に拭かれている。

その恵梨花も何故か頬を染めて、こちらと目を合わせまいとして俯きがちだ。

「ああ、うん、そうだね。何しようか――」

これまた何故か淳也が目を逸らしながら答えている。

「ボウリングはそっちのペアにボロ負けしたしね――また何か勝負したいとこだね」

「だから左手でやろうかって言ったのに」

「流石にそれはハンデが強過ぎるよ――って言いたいとこだけど、それでいい勝負だったのかもしれないところが、また……」

苦笑しながら淳也はため息を吐いた。

(確かにボウリングはボロ負けだったな……)

香はさっき終わったボウリングのことを残念に思った。

亮はあまり遊び慣れてないようだったが――実際、アーケードゲームをした時は、遊び慣れていなかった――ボウリングは上手かった。

綺麗なフォームで、ちょっと信じられないぐらいの豪速球《ごうそっきゅう》を投げて、ピンが全部立っている時は、当たり前のようにストライクをとっていたのだ。

ペアが交互に投げるというルールがなければ、おそらく亮の一人勝ちだったと断言出来るほどだ。

(アーケードゲームの方では、淳也さんの方が上手いのもあったけど……)

やはりことあるごとに淳也と亮を見比べていた香は、楽しんだゲームで勝手に勝敗をつけていた。

(数では、淳也さんの方が勝ってたと思うけど――)

インパクトのある種目では、亮が淳也に優っていたように香は思った。

ボウリング然り、エアホッケー然り。

(大体、桜木くんのあの反射神経って反則じゃない!? 何よ、淳也さんがどこにパックを打っても普通に対処してたし……! 手の動きなんて、まるで瞬間移動してるみたいだったし！)

「ああ、あれは反則的だったよな……」

不意に淳也からそんな、相槌を打つような声が聞こえて、香はハッとした。

「え――!?」

「ん？　――あ」

しまったと言わんばかりの顔をする淳也に、香は目を見開いた。

「え、淳也さん、もしかして――」

「ああ、いや、香――」

「また、私の頭の中を読んだんですか？　もう――！　やめてくださいよ！　そんなの頻繁にされたら、私、隠し事が出来なくなるじゃないですか――!?　あ、そう言ったからって別に隠し事してる訳じゃないですよ!?」

相思相愛だからこそなせるかもしれないこととは言え、そんなしょっちゅう頭の中を読まれたら堪らないとばかりに香が抗議すると、淳也はホッと安堵の息を吐いた。

「ああ、うん。大丈夫だから、香が俺に隠し事をしてるなんて――そんなの思ったことないから」

真に迫った言い方に、香は戸惑いながら頷いた。

「そ、そうですか、そう思ってもらえて嬉しいです――えへへっ」

最後に照れながら笑うと、淳也は「うんうん」と頷いた。

「そうだよ――……そもそも隠しようがないじゃないか」

後半ボソッと呟くように言っていたので、何を言ったのか香には聞こえなかった。

「え、すみません。何て言いました？」

「ん？　ああ、ごめん。ただの独り言だから。香に言った訳じゃないから」

「？　そうですか……」

「うん」

頷いて微笑まれ、香もニコリと返した。

「――っく、くく……」

噴き出すのを我慢するような声が聞こえた香がそちらに目をやると、亮がどこか別の方向を見ながら口に手を当て、肩を震わせていた。

「……どうしたの？　何かあった？」

「な、なんでもないよ！　ちょっと、あっちの方で、変な転び方してる人を亮くんがたまたま見ちゃって！　――もう、ダメよ、亮くん、そんな笑っちゃ！」

恵梨花が慌てたように言ってから、亮を窘めている。

「ふーん？　そんなに変な転び方だったの？」

「あ、あはは――そこまでじゃないと思うんだけど、亮くんにはちょっとツボだったみたいで」

「ああ、あるある」

香が笑って言うと、淳也が亮に目を向けた。

「亮――ちょっと、トイレに行ってきたらどうだ？　少し顔を洗ってくるといい」

「そ――そう、させてもらう……くくっ――」

相変わらず噴き出し気味の亮がトイレへ向かうと、淳也が恵梨花と同じタイミングでホッと安堵の息を吐いた。

「さて、次は何しようか……？」

「アミューズメントとボウリングとやったから……後はスポーツとカラオケ――あ、ビリヤードやダーツなんかも残ってますね」

淳也の呼びかけるような問いかけに香が答えると、恵梨花が「んー」と悩むような声を出した。

「どうしたの、恵梨花？」

「うん。えーっと、今三時を過ぎたとこなんだよね」

「そうだけど？」

「うん、だからきっと亮くんが――」

恵梨花がそう言いかけたところで、その亮が戻ってきて――

「――なあ、腹減らね？　あっちのフードコートで何か食わねえか？」

その亮の言葉が頭に浸透《しんとう》したところで、香と淳也は揃って愕然とする。

「え……？」

「亮……今、何て……？」

「だから、フードコートで何か食おうって」

「――いや、その前」

「……腹減った、ってのか？」

「嘘だろ……」

淳也が呟くように言うのに合わせて香もコクコクと頷いていると、恵梨花が「あはは……」と苦笑している。

「やっぱり、亮くん、お腹空いちゃったかー……」

「そりゃあな、体力的に大したことないとは言え、そこそこ動いたしな」

「……亮くん、動いてなくてもお腹空いてるような……ううん、いつものことか……」

諦めたような恵梨花に、淳也と香は未だ唖然としたままである。

（え、えぇー……あ、あれだけ食べてお腹空くって……信じられない、どんな体してんのよ……）

そういう訳で四人はひとまず、フードコートに行くことになった。


「ふーん、スポーツ系にカラオケ、ビリヤードとダーツか……」

亮がホットドッグを大口で齧《かじ》って、それを飲むようにスルスルと胃の中へ入れていった。

「亮くん、何かしたいのある？」

「したい、ってかカラオケ行ったばかりだよな？」

「そうだね」

「だから、それ以外か……？」

言いながら亮が手を伸ばすと、テーブルの上に並んでいた唐揚げやフライドポテトがみるみる間になくなっていく。

「……亮くん、ちゃんと噛みなさい」

香と淳也も思っていたであろうことを、恵梨花が言った。

「噛んでる噛んでる」

(嘘だ!!)

香は内心で思いっきり突っ込んだ。

横で淳也が恵梨花に同意するように頷いている。

「はあ……じゃあ、カラオケ以外？」

何回も言ってきて、それでも聞かない息子を見る母のような顔をする恵梨花。

「そうだな――そっちは？　何かしたいのねえのか？」

亮に目を向けられた淳也は少し考えて言った。

「ダーツはそれほど興味ないんだよね……となるとスポーツ系か、ビリヤードかな……」

「私もそれのどっちかかな……」

相槌を打ちながら香は、施設紹介をしている張り紙――その中の『テニス』と書いてあるところを見て、ピンと閃《ひらめ》いた。

（そうだ、テニス――！　高校の時にテニス部のキャプテンをやってた淳也さんなら、確実に勝てる！　圧倒的に勝てる――!!　今日の負けた部分の印象を取り返す以上にインパクトもある!!　これよ――これだわ――!!）

香が拳を握ってガッツポーズを取っている間、淳也と亮が視線で会話していた。

それがチラッと見えた香が首を傾げていると、淳也が提案するように亮へ言った。

「あー、そうだな……なあ、亮、俺高校の時にテニスやってたんだよね」

「へー、ソウナノカ」

「うん。久しぶりにちょっとやってみたくなってさ。付き合ってくれないかな……？」

「シカタネエナ……カマワネエゼ」

二人がそう話しているのを香は驚きながら見守っていた。

（なんてことかしら！　こんな都合のいい展開になるなんて……これが神の思《おぼ》し召《め》しというのかしら!?　そう、神様も淳也さんの勝利を――ひいては私の応援をしてくれてるのね……！）

香がそんなことを考えていると、亮が何かに耐えるように神妙で、それでいて複雑そうに眉を曲げ、そして口に手を当てて俯いた。気のせいか、肩が小刻みに震えているように見える。

その隣では恵梨花が何を見ているのか、後ろを振り返っている。こちらも肩が震えているように見えた。

「……どうしたの、二人共？」

聞いてみると、二人が答える前に淳也が割って入った。

「ねえ、香、ちょっとカウンターの方へ行って、コートの空きがあるか確認してもらっていいかな？」

「あ、わかりました！　任せてください、行ってきますね！」

タタタッと香はカウンターへと駆けていく。

「………も、もう、いいよな？」

「ああ、いいよ」

「ぶはっ――くくっ――はあっはっはっはっ………はあー……こいつはキツいぜ……」

「亮くん、あとちょっとだから！　頑張って――！」

「いや、そうは言うがな……俺だけだよな？　アレに慣れてないのって……」

「あ、確かにそうなるのか……」

「そっか、亮くんだけ……確かに初見であの内容の独り言は……香……やっぱりまだ直ってなかったなんて、あの癖……」

「いや、本当……後どれだけ耐えねえといけねえんだ、これ……もう言ってやれよ、思考が口から漏れてるって……」

「そんなとんでもない――」

「ダメよ、そんなの――」

「あれこそが香なんだから」

香をよく知る淳也と恵梨花の声が綺麗に重なった。

「ハモるなよ……」

げんなりと亮は言ったのであった。


「頑張ってね、亮くん――！」

「……一応言っておくと、俺、テニスやったことねえんだけど……」

「え、そうなの――!?」

「おう」

「そ、そうだったんだ……ルールは？　わかる？」

「まあ、なんとなくは」

「そっか……あ、亮くん、ボールぶつけて倒したら勝ちなんてことはないからね!?」

「……やっぱりそうだよな？」

「そうに決まってるじゃない……なんでそう思ったかは察しがつくけど」

そんな会話をしている亮と恵梨花に、淳也が割って入った。

「俺も察しがついたけど――亮、その漫画で得た知識は忘れるんだ。アレはテニスに見えるけど、テニスのようなまったく別の何かだから」

「……だよな。おかしいと思ってたんだ」

腑に落ちた様子の亮に、同じく察しがついた香もホッとした。

(危ない危ない……淳也さんにボールぶつけられまくって怪我でもしたら堪らないわ……それにしても、未経験者か……オホホホホ、間違いなく淳也さんの勝ちね、これは……! 恵梨花、淳也さんの雄姿《ゆうし》をよく見てなさいよ!!)

無事にテニスコートを借りられてから、男子二名は同時に借りたウェアに着替え、女子二人は互いのパートナーの応援に徹し、淳也と亮の勝負を見守るという運びとなった。

話し合ってもないのに、ただテニスで遊ぶということでなく、その上亮は未経験者だというのに、何故か勝負という運びになったのがよくわからないが、香にとっては都合が良過ぎる展開で大歓迎であった。

「じゃあ、香、審判《しんぱん》を頼めるかな?」

「はい! 任せてください!」

香も中学時代にテニス部だったので、当然のこととして受け入れた。

「サーブはどっちからにする?」

淳也の問いに、亮は首を傾げた。

「確か最初に打つやつだったよな……? よくわかんねえし、そっちからで」

「ははっ……オーケー。1セットマッチでいい？　てか、もうずいぶんやってないからそれ以上はキツいし」

「お、おう……」

わかってなさそうな亮に淳也は苦笑してからボソッと呟いた。

「――でないと、多分勝てないだろうし……」

「うん……？」

「いや、なんでもない……それじゃあ――」

目で促し、淳也は亮と一緒にコートへ入り、ベースラインに立つ。

「……俺はどこに立ったらいいんだ？」

亮に聞かれて、淳也は改めて亮が素人なんだなと苦笑する。

「レシーブはネットの自分の側ならどこでもいいよ。でも、俺と同じぐらいの位置か後ろの方がやりやすいと思うよ」

頷いた亮は淳也と対角という一般的な位置に立った。

それを見て、淳也が香と視線を合わせると、香が頷き手を上げる。

「1セットマッチ、山本、サービスプレイ！」

その宣言と共に、元テニス部キャプテンである淳也と、ど素人亮の、一見は勝負になるはずもないテニス勝負が始まったのであった。

「ゲーム！　山本リード、４―０！」

香はドヤ顔にならないようにするのが精一杯で、顔がニヨニヨとニヤけるのはやめられなかった。

（オホホホホ！　淳也さんの圧勝じゃない！　見てる恵梨花、淳也さんの圧倒的な雄姿を⁉）

チラと横目で見ると、恵梨花は大したダメージを受けた様子もなく、微笑ましいようにパチパチと拍手している。

「亮くん、ドンマイ！」

そんな声援を送るのも楽しくて仕方ない様子だ。

亮が苦笑を浮かべてラケットを掲げて応えると、恵梨花はまた嬉しそうにキャーキャーとはしゃいでいる。

（ま、まあ、楽しく応援するのはいいことよね……そもそも淳也さんが勝って当たり前の試合だし……そう、私の彼が恵梨花の彼に勝つのよ――ふふん！）

香は今日の敗北感を忘れて、この勝負で淳也が亮に勝てば総合的に勝ちだと思い込もうとしている。香の独り相撲《ずもう》でしかないが、とにかくこの勝負で淳也が亮に勝てばそれでいいのだ。それだけで香はもう満足である。

恵梨花に彼氏自慢をするためのダブルデートだという当初の目的を忘れて、色々本末転倒しているが、この勝負にさえ淳也が亮に勝てばそれでいいのだ。

(このゲームをまたキープしたら5－0――ふふふ、もうちょっとでベーグル……6－0ね。オホホホ!!)

ベーグルとは、テニスの試合で1セットのスコアが6－0になることを言う。

つまり、経験者の淳也が亮を圧倒している状態だった。

この勝負が始まってから何度高笑いしたいのを我慢しているか、香にはもう数え切れない。

香がなるべく澄ました顔でいようと努力していると、恵梨花が話しかけてきた。

「ねえ、今って、どういう状況なの?」

恵梨花のテニスの経験は体育の授業ぐらいなのを知っている香は、ドヤ顔にならないよう注意しながら説明する。

「さっきも言ったけど、淳也さんが4ゲーム取って、桜木くんは0ゲーム。つまり4－0ってこと」

「ふうん?　確か6ゲーム取った方が勝ちだっけ?」

「そう。ただし、2ゲーム以上の差がないとダメだけどね」

「ああ、6—5じゃ決着にならないんだっけ」

「そう。その場合だと7—5にならないとセットはカウントされないわね。もしくは6—6からのタイブレークで決着。そしてこれは1セットマッチだから、淳也さんがあと2ゲームとったら、淳也さんの勝ちよ」

「そっか……1ゲームを取るのは何ポイントだっけ？」

「4ポイント。40の次を取ったら1ゲーム」

「ああ、15、30、40の次か……ねえ、なんで——」

その先の質問に察しがついた香は先んじて答えた。

「知らないわよ。なんで45じゃないのかって。なんか色々諸説あるみたいで——私は40《フォーティ》の方が45《フォーティーファイブ》より言いやすいから、という説を押してるけど」

「そ、そんな説なの!?」

「あるのよ……」

テニスあるあるである。テニスをやっていると聞かれるのだ。

「そっかー。1ゲーム取るには4ポイント取らないとダメで——亮くんはまだ1ゲームもとってないし……うーん、これは流石の亮くんでも逆転は難しいか……」

「っ……！」

無理に決まってるでしょ！　という言葉をすんでのところで香は呑み込み、ゴホンッと咳払いする。

「あのねえ、恵梨花。淳也さんは経験者！　しかも高校の時はキャプテンやってたほどだし、それに対し、恵梨花の彼は見た通りのど素人なんでしょ!?」

つまりは勝負になるはずなどないと香は遠回し――のようで、そうでもないようなことを言った。

すると恵梨花はわかってるからと言いたげな苦笑を浮かべた。

「ふふ。うん、普通は勝負になるはずないよね」

「……何よ、恵梨花の彼は普通じゃないって言いたいの？」

「うーん――ふふっ……」

困ったようでありながら意味深な微笑を見せられて、香は苛立ちから眉をひそめた。

「何よ、普通でなかったとしても勝負になる訳ないじゃない……」

香がつい口を尖らせて言ってしまうと、恵梨花は気を悪くした様子もなく頷いた。

「うん、そうだと思うけど……でも――」

「……でも？」

「亮くんだから、としか……」

「何よ、それ……」

呆れた目を向けると、恵梨花は顎に指を当てて考えながら「それに――」と言った。

「亮くんのショットって確かにちゃんと狙ったところにボール飛んでないみたいだけど、山本さんの打ったボールには全部追いついてるよね？」

「っ……た、確かに追いついていたわね。すごい身体能力を持ってることは認めるわ」

そう、ど素人のはずの亮は、淳也の打ったボールを前に返せずとも、信じられないことにボールを打ち返すまでの位置には立っているのだ。

さらにその動きに流れを読んだようなところが一切ないのが見て取れる辺り、身体能力の高さが窺える。

つまり亮は、身体能力のゴリ押しで淳也の打ったボールに追いついているのである。

経験者である香からしたら信じ難いことであった。

「うん、それに――多分、もうちょっとだと思うんだよね」

「――何が？」

恵梨花はニコリと微笑んで言ったのである。

「亮くんが正しい打ち方を覚えるの――それが出来るようになったら、亮くんの逆転のチャンスも少しは出てくるよね？」

香は絶句した。何故言葉が出なかったのか、その言い分の滅茶苦茶さか、恵梨花の素人過ぎな考え故か、もしくは――ありうるかもしれないと少しでも思った自分に対してなのか、香にはわからなかった。

◇◆◇◆◇◆◇

（何てやつだ……）

淳也は滴《したた》る汗を拭いながら、気楽な様子で、さらにはろくに疲れた様子もない亮を睨み据えた。

（反射神経がいいことはわかってた……動体視力も……）

エアホッケーをしていた時にその片鱗《へんりん》は嫌というほど実感した。

（身体能力が半端じゃない……さらにはスタミナも……俺の倍以上は走ってるのは確実なのに、ろくに体力を落とした様子もない）

現役を離れたからというのもあるが、肩で息をし始めた淳也に対し、淳也より遥かに動き回っている亮は汗を少しかいてるぐらいでケロッとしている。その汗だって動き回ったからというより、暑いという理由からだろう。

（けど、まだだ——1セットマッチならまだ、今なら勝てる——はずだ）

淳也は自覚出来ている。自分が今優勢じゃないことを。

4—0とポイントで勝ってるのは、それはあくまでも亮がろくにショットの打ち方を知らない、素人だからという、その一点だけに過ぎないことを淳也はわかっている。

それが証拠に、最初は淳也のサーブを打ち返した時——それだけでも驚異的だが、打ち方を知らないが故に、見当違いの場所へ飛んでいっていたのが、徐々にラインに近づいてきているのだ。

それは亮のサーブでも同じことだ。最初の亮のサーブスゲームでのサーブは大きな山を描いてラインアウト——フォルトを繰り返して、自滅し淳也のブレイクとなった。

先ほどの亮のサービスゲームでは、ライン内に落ちないのは変わりなかったが、ボールの球威《きゅうい》とコースは、同一人物のものとは到底思えないほどに成長していたのである。

（おそらくは……）

淳也は亮が腰を落として自分をジッと見据える目を見る。

（俺の動きを、あの信じられない動体視力で分析して、吸収してるんだろうな……）

背筋がゾクリとする。

試合中に成長、上達するなんてよくある話だ。だが、今淳也が体感しているのはそんなチャチなものではない。

（進化——それも長い時間かけてするものでなく、ゲーム的に一気に変貌《へんぼう》するような、それ——その進化を一気に二つ、三つぐらいするようなもんか……？）

亮にテニスの才能があるとか、そういう話ではない。身体能力が高過ぎる故に、ショットの打ち方という基本を覚える——それだけで、一端《いっぱし》のプレイヤーになってしまうような圧倒的な身体能力。

（練習なんかせずにゲームに入ってよかった……でないと、もう手に負えないレベルになってたかも……）

我ながらセコい考えだというのは自覚しているが、そうでもしないと負けるかもしれないという底知れなさを、淳也は亮に感じていたのである。

(けど、おそらく――)

淳也はボールをトスアップして、体をググッと曲げ――打った。

そうして打たれた淳也のサーブがバウンドする頃には、亮がフォアで構えて万全の態勢で待ち受けている。ここまでは、先のサービスゲームでも一緒であった。違うのは亮のフォームが既視感を覚えさせるもので――

「ふっ――!」

亮のリターンは、確実にコート内に入るコースを描いていたのである。

(やっぱり来たか――!!)

そろそろ返されるかもしれないと思っていたが、やはりいくらなんでも早過ぎる。

「はあっ――!!」

信じられないが予測もしていた淳也は、亮のリターンを渾身のダウンザラインで返す。

「あ――くそっ」

自分のショットがちゃんとコート内に入ったことに驚いていた亮は動くのが遅れて、後一歩のところでラケットを空振る。

「え…………あ、フィ、15《フィフティーン》―0《ラブ》」

亮のリターンが完璧だったことに——いや、完璧になったことに驚いて目を見開いていた香が遅れてコールする。

「ふうっー……」

もしかしたらと考えていなかったら打ち返せかねない鋭さがあったため、淳也は安堵の息を吐いた。

「亮くん、惜しかったー!!」

恵梨花が嬉しそうに声援を送っている。

それを聞いて淳也は思わず苦笑する。

(今のは惜しかったとかそういうものじゃないんだけどな……)

ど素人が、ショットの打ち方をろくに知らないど素人が、たったの5ゲームでリターンをしてきたということが、脅威《きょうい》的なことなのだ。

「やっと入ったってのに、容赦《ようしゃ》なく返しやがって」

不貞腐《ふてくさ》れた顔をした亮がボールを投げ返してくる。

「いや、リターン出来たこと自体が驚くべきことなんだよ。わかってる?」

「そう言われてもな……」

「それに俺のフォーム、パクってくれたよね……」

淳也の抱いた既視感は、これである。

亮は淳也のフォームを吸収することによってリターンを成功させたのである。

「いや、それこそな。お手本がそこしかねえんだから、仕方ねえだろ。打ち方もろくに知らねえし……」

「仕方ないでフォームを真似されちゃ堪らないよ」

「ははっ、そう言うなって。さっきのでコツを掴んだから、徐々に俺が使いやすいように変わってくだろうし」

「……だよね」

もうすんなりと勝てないだろう。淳也はこれからの激戦を思ってため息を吐いた。

◇◆◇◆◇◆◇

「うっそ……」

今目にしたものが信じられず香は呆然と呟いた。

「今の亮くん、惜しかったよね。ね、香？」

大喜びしながら話しかけてくる恵梨花に、香はハッとする。

「う、うん、惜しかったけど……ええ……？」

戸惑ってる間にゲームが再開される。

淳也のサーブが放たれ、これを亮は完璧にリターンする。

「わあっ、また！　すごい、亮くん!!」

恵梨花がはしゃいでいる声を耳にしながら、香はボールの行方を目で追う。

淳也が打ち返し――亮はクロスに打ち返し、ボールはライン際《ぎわ》を跳ね――

「くっ――」

淳也のラケットは届かなかった。

「う、嘘――」

ボールがインした跡を香は信じられない思いで目にしていた。

「……今のはどうなったんだ？」

亮の声にハッとして、香は震える声でコールする。

「フィ、15《フィフティーン》オール」

そのコールの意味が亮にはわからなかったのだろう、首を傾げている。

「今のは亮の得点だよ」

淳也が苦笑しながら教えると、亮は破顔する。

「お、じゃあ、やっとこさ、俺のポイントになったのか」

「亮くん、ナイスー!!」

恵梨花の声に、亮はラケットをブンブンと振って応えている。

「やっと、コツがわかってきたぞ、恵梨花ー」

「本当！　どんな⁉」

「ああ、ラケットをラケットと思わず手の延長のように考えて掴んで投げ返せばいいってことみてえだ」

その亮の言葉に、香と淳也は目が飛び出さんばかりに驚いた。

「……？　そうなんだ！　なんだか、すごそう‼」

恵梨花のそんな呑気な声を耳にしながら、香は愕然としていた。

（い、今の、コツって……長年やってる人とか、感覚肌の人のタッチの感触じゃ……いやいや、まさか⁉）

首を振って香はありえないと否定する。

「おーし、こっからが本番だな、続きやろうぜ、淳也」

「あ、ああ……」

我に返った淳也が強張った顔で頷いて、ゲームが再開される。

「亮くん、頑張れー‼」

そんな恵梨花の声援をすぐそばで聞いて、香はハッとする。

（何してるの、私は――⁉　淳也さんが頑張ってるのに――！　恵梨花は自分のパートナーを応援してるのに――！）

もはや別人のようになった亮とラリーを応酬《おうしゅう》する淳也へ、香は必死に声を振り絞って叫んだ。

「頑張ってー、淳也さん!! 負けないでー!!」

その声が届いた淳也は、驚いたように目を瞠る。そしてすぐに強張っていた顔が嬉しそうになり、不敵な笑みを浮かべ始める。

「頑張ってー、亮くん!! 逆転出来るよー!」

「淳也さん、頑張ってー!! 淳也さんなら、絶対に勝てますー!!」

そうして香だけの脳内での彼氏合戦でない、淳也と香ペア、対、亮と恵梨花ペアの真の勝負が始まったのである。

◇◆◇◆◇◆◇

「ゲームセット! アンドマッチウォンバイ、山本! カウント6―3……――やったああ!! 淳也さんが勝ったああ!!」

香が飛び上がって喜んでいるその声を、淳也はコート上で大の字になりながら聞いていた。

「はあっ、はあっ……はあー……勝った……!!」

ぜーはーと胸を上下させながら淳也は、グッと握り拳を作って天へ突き上げた。

亮がコツを掴んだゲームは何とかキープして5―0になると、そこから亮が追い上げを始めたのである。

６ゲーム目の亮のサービスゲームでは、やはりというか完璧なサーブを打ってきて、しかもその球速がとんでもなかった。これまでまともなサーブが飛んで来ず、目が慣れてなかった淳也はブレイク出来ず、キープされてゲームカウント５－１となる。

そうしてキープされた６ゲーム目の後の７ゲーム目、調子が乗り始めた亮からついに淳也はブレイクされ、ゲームカウント５－２。そして亮のサービスゲームとなる８ゲーム目で、亮のサーブの球威はさらに増していき、淳也の記憶から照らし合わせると最終的に百九十キロは超えていたのである。恐ろしいことに、続けていればまだもっと上がっていっただろうことが淳也にはわかった。

そんなサーブでコースも使い分けられ、満足にリターンが出来ずエースを連発され、ゲームカウントは５－３と、亮にさらに追い上げられる。

もう容易にブレイク出来るものでないと悟った淳也は、この９ゲーム目を持ち札の全てを駆使《くし》してキープしてのけ、勝利を掴んだのである。

「こ、このゲーム、と、取れなかったら……負けて、たな……」

それがわかっていたので、９ゲーム目は大人気ないほど素人相手に戦術を駆使したのだ。こういう時が来るかもしれないと、まだ見せていなかったスピンサーブ、ドロップショット、スライスショット――亮が初見だったから、上手くポイントが取れた。極めつけは――

「――おい、最後のあのサーブ、あんなのありかよ」

亮が拗《す》ねたような顔で、転がっている淳也に影を落として覗き込んできた。

「ははっ――あれは亮がテニスのリズムに慣れてきたからこその最後のとっておきだよ……」

「はあ……なるほどな……」

「ああ、ラリーも出来るほど上達してなかったら使っても虚を衝《つ》くことは出来ないからね――クイックサーブは……」

クイックサーブとは、トスアップを極端に短くして打つサーブである。

淳也が言った通りに、上達してテニスの流れを掴み始める前の亮に使ったら、普通に対処されていただろう。試合の中で信じられないほど上達を始めた亮にだからこそ、通じたのだ。

「そっちこそ――今日初めてテニスした人間が、あんな見事なダウンザラインとかやめてくれない？」

「――何だそれ？」

「はっ――ははは‼」

本当に信じられなさ過ぎて、もう笑うしかない淳也だった。

「は、ははっ――はー……名前も知らずに、あんな見事なダウンザラインを打った人って、多分、亮が初めてじゃないかな……」

ダウンザラインとはテニスのテクニックの一つで、ボールをコートのサイドラインに沿って真っ直ぐ打ち返す技術のことだ。

「……そう言われてもな……」

よくわからんと続けながら肩を竦める亮に、淳也は声を上げて笑った。

「後、あのライジングショットも、ジャンプショットも……俺が見せた後にすぐ真似されるこっちの身にもなってくれよ……」

「いや、だからテニスやったことのない俺からしたら知ってるショットって、全部淳也から見たやつしかねえんだから仕方ねえだろ……ジャンプショットはわかるけど、ライジングショットってどれのことだ？　さっきのダウンザラインってのも」

もう本当に笑うしかないとばかりに、淳也は腹を抱えて文字通り笑い転げてしまった。

とんでもないやつがいたものだと、これでもかと思わされた。

「――なあ、亮って、本当にテニス初めてなのかい？」

「ああ、そうだぜ？」

「本当に？　遊びで壁打ちとかも？」

「ねえな。てか、満足にラケット振ったのだって今日が初めてだぜ――ああ、遊びでバドミントンならあったな」

「……信じられないけど、最初の方の動き見る限り、本当なんだろうね」

「おう……それでもう起きれるか？　コツ掴んでから楽しくなってきたしな、もう一回やろうぜ」

気軽にそんなことを言ってくる亮に、淳也はげんなりとした。

「――冗談やめてくれ。もう動けないし」

「……もうちょっと休めば動けるだろ？」

淳也は体を起こしてから、不満そうな亮に首を振る。

「無理無理――それに」

「――？」

「もう亮とはやらない。悪いけど、勝ち逃げさせてもらう」

淳也は力強く言い切った。

（次やっても勝てる可能性はまだある――あるだけで極わずかなものだけど……その次はもう勝てる気がしない――いや、絶対に勝てない）

考えるでもなく、そうなると確信している淳也である。

「おいおい、そんなのありかよ」

「ありだって。香の手前、ここで終わらせてくれよ」

「あー……そういや、そういう目的で始めたんだっけな」

思い出したようになって苦笑する亮に、淳也も同じ笑みを向ける。

「悪いね、亮はすぐ上手くなりそうな気がしたから、ろくに練習もなしに始めさせてもらって」

「まあ、いいけどよ――思ってたより面白かったし」

「……ああ、楽しかったね」

これは本心である。香の声援を受けて気力を振り絞ってからの亮との試合は、色々な意味でスリルが多過ぎた気がしないでもないが、久しぶりに全力でやるテニスは本当に楽しかった。

（……まあ、勝てたからこそ、そう思えるのかもしれないけど……）

なにせ淳也には中高と経験してそれなりの成績を収めたことによる自信と自負がある。それが今日初めてラケットを握った亮に負けるだなんて、それがいくら怪物めいた相手だとしても、ショックは免れない。

「なあ、でもな、淳也」

「……何だい？」

「お前は彼女の前でいい格好が出来たかもしれねえけどよ——」

「うん？」

「——俺はどうなんだよ？　恵梨花に負けた姿見せて、勝ち逃げされようとしてんだが」

再び不満そうな顔を見せる亮に、淳也は噴き出した。

「ぷっ——あっはっは！」

「おい、何笑ってんだよ」

「はっはっは——ごめんごめん……　なんか今日初めて、亮の歳相応な顔見た気がしてさ——あっはっは！」

「何だよ、それ……」

困ったように眉根を寄せる亮であるが、次第につられたのか淳也と一緒に声を上げて笑い始める。

そうやって笑っていると、一向に二人が戻ってこないからか、恵梨花と香がコートに入ってきた。

「亮くーん、惜しかったね！　でもすっごく格好良かったよ‼」

興奮気味に褒めてくる恵梨花に、亮は苦笑する。

「負けたけどな」

「そんなこと関係ないよ！　初めてやって、あそこまで出来るなんてすごいよ！」

その恵梨花の言葉に、淳也は香と一緒に、まったくその通りだと何度も頷いた。

「淳也さん、お疲れ様です！　テニスしてる姿すごく素敵でした！　本っ当に格好良かったです――‼」

淳也と一緒に相槌を打っていた香であるが、すぐ目をキラキラさせて迫ってきた。

「ああ、ありがとう――ちょっと危なかったけどね」

「そんな――！　でも、勝ったのは淳也さんです！　あんな試合中に成長しまくる異常な人に勝った淳也さんがすごいってこと、私はわかってますよ‼」

その遠慮のない物言いに苦笑を浮かべたのは淳也だけでなく、恵梨花もだ。亮は首を傾げている。

「香、一言多いかな。言葉には気をつけようね」

「あ――ご、ごめん、恵梨花！　桜木くんも――」

「いや、構わねえけどよ」

「うん、香がそう言ってしまうのも無理ないことぐらいはわかってるから、私は」

ホッと安堵の息を吐いた香は、自分では顔に出していないと思っているだろうドヤ顔を浮かべて、口が小刻みに動き始める。

「オホホホ、どうよ恵梨花！　淳也さんが勝ったわ！　私の、彼の、淳也さんが！　恵梨花の、彼に、勝ったのよ！　オホホホホホ――」

本人は口に出してないつもりだろうその声は小さいものであったが、その場にいる全員に届いており――恵梨花は仕方ないなあと微笑ましさも混じった苦笑を浮かべ、亮は顔を背《そむ》けて肩を震わせている。

淳也といえば、隠し事など到底出来ないだろう、香のこの色々と致命的ではあるが愛すべき欠点が出る度に、笑いを堪えるのが必死で――その大変さと同じぐらい香が可愛くて堪らなかった。

（裏切られる心配とかもないし……それに俺のことをどれだけ好きなのか本人は言ってないつもりでも、会う度に聞けるのは悪くないしね……）

そして先の香の独り言を聞いたところ、ひとまず、香が計画していたことはある程度達成出来たものと考えていいだろう。

（なんとかテニスで勝ててよかった……）

香の喜び具合を見て、淳也は達成感に包まれてホッとする。

ニコニコする香に微笑みかけていると、さっきの香の独り言など何も聞いてないと言わんばかりに恵梨花が亮へ話しかけた。

「それにしても亮くん、すごい上手だったねえ」

「……そうか？　最初なんかてんでダメだったろ」

「えーっと、普通は最初のあんな感じが当たり前だと思う……亮くん、テニスやったことないんだよね？」

「おう」

「……それなのに、後半あれだけ出来るようになるなんてね……本当にすごいねえ」

しみじみと言う恵梨花に、淳也はそれだけで済まさないでくれと声を大にして主張したかった。

試合中にありえない速度で上達していく亮と相対していた淳也には、変身を二回残していると宣言されたような絶望感に襲われ続けていたようなものだったのだ。

（1セットマッチでよかった……3セットマッチだったら、途中で絶対に心が折れてた）

改めて勝利を実感した淳也は、重苦しいため息を吐いた。

そこで、ふと転がっているボールに気づいた恵梨花がタタタッと駆けてそれを拾う。

「これも返さないとダメだよね、亮くん――」

言ってから恵梨花は、亮へ向けて下手投げで山なりにボールを投げた。

すると亮は至って普通な調子で、ラケットを掲げ、ボールをそっと受け止める。そしてボールはそこから弾むことなく、肘を支点にくるりと返されたラケットの面の上でピタッと停止したのである。

その光景を見てしまった淳也と香は、顎が外れんばかりにあんぐりとした。

「わあっ、今の何か、すごく、っぽかったね!!」

恵梨花が感嘆した声で言うと、亮は首を捻った。

「――何がだ？」

「え？　ほら、さっき私が投げたボール、ラケットで受け止めたじゃない」

既に左手でボールを持ち替えていた亮は、ボールに目を落としながらますます首を捻った。

「……そんなことしたか、俺？」

「え、えー!?　ちょっと、何言ってんの、亮くん!?　もしかして無意識でやってたの!?　すごーい！　ますます、っぽいね!!」

「いや、何の話だよ」

惚《とぼ》けたように見えない辺り、さっきの芸当をやったのは本当に無意識なのだと淳也にはわかる――わかってしまう。

今、亮がラケットを手のように使ってボールを受け止めたような芸当は、練習すればテニス経験がなくても出来るだろう。

だが、意識せずにすんなりと成功させるには、よほどラケットを握ってこないとまず無理だ。

（なのに、さっきの試合ぐらいでしかラケットを握ったことのない素人がそれをやるか……!?　いや、待てよ……）

先の試合では亮の圧倒的な身体能力や動体視力や成長力に目がいっていたが、それ以上に注目すべきだったのは、淳也の動きをすぐに己のものとしてしまうほどの観察をなした集中力だったのではないだろうか。

（――それこそ、ゾーンレベルの集中力……それならラケットとの一体感を覚えれる……いやいや、今日初めて試合して流石にそれは……けど――）

ゾーンとは、トップアスリートなどに見られる、最高の集中力を発揮しパフォーマンスが向上する状態のことだ。

テニスとは関係なしに亮が日常的にゾーンに入っているのならあり得るかもしれない。

その可能性に思い至った淳也の背筋に、ゾクッとした寒気が走る。

（――ほ、本当に1セットマッチでよかった……2セット目はまだ……？　はは、無理に決まってる……）

内心で苦笑しているところで、香がボソッと囁いてきた。

「淳也さん……私、さっきの見なかったことにします。でないと、色々と常識が崩壊しそうで……」

香も経験者として、今の光景の異様さには当然気づいていたようで、真剣な顔をしている。その真剣さは香が普段見せないものだったからか、淳也は妙におかしく感じて噴き出してしまった。

「ぷっ――ははっ、そうだね……俺もそうするよ。ははっ――」

「え、えー、なんで笑ったんですかー？」

「さて、なんでだろうね――はははっ」

「え、もー、なんなんですかー！　あっはは」

淳也の笑みにつられた香とそうやって笑い合っていると、亮から声をかけられる。

「淳也、これからどうする？　元気になったんなら、もう一丁やるか？」

どうやら思っていた以上にリベンジしたいらしい亮の言葉に、淳也は首を横に振る。

「いや、もう無理――足がまともに動くとも思えないし」

断ると、亮が残念そうにため息を吐く。

「……そうかい。じゃあ、テニスをもうしねえなら、次は何する？」

体力を使い果たしてもうゆっくりしたい淳也は、気軽に言ってくれるなと苦笑する。

「ああ、それだけど――夕方も近いし、もうここで解散にしようか」

そう言うと、亮はキョトンとしてから恵梨花と顔を見合わせた。

「じゃあ、そう言うなら――そうするか。ん？　ここで解散か？」

「ああ。体力使い果たしてさ、正直もうゆっくりしたい。俺達はゆっくり帰るから、そっちはそっちのペースで帰るなり、まだ遊んで帰るなりしてくれるかな」

「ふうん？　まあ、確かにもう夕方だしな、じゃあ、そうするか」

「ああ。ラケットとボールはこっちで返しとくとから、置いといてくれたらいいよ」

「そうか。じゃあ、頼むわ」

そう言って亮がラケットとボールを淳也のそばに置くと、恵梨花が二人へ向き直った。

「それじゃあ、香、山本さん、今日はここで失礼しますね」

「あ、うん――」

返事をする香に、頷いて返すだけの淳也。

「ふふっ、今日は色々と楽しかったね、香」

「ああ……うん、そうね」

苦笑混じりな笑みを返す香に、恵梨花がニッコリとして言った。

「それに香が変わってなくて、良かったよ……？　ううん、良かったよ」

「え？　うん……恵梨花もね」

何のことかと首を傾げる香に、淳也は思わず苦笑を漏らす。

亮は額に手を当てるようにして俯き、顔を隠している。

「それじゃあ、亮――」

淳也がそう言って拳を突き出すと、それを見た亮はニヤリとして、カツンと拳を突き返してきた。

「ああ、じゃあな、淳也。思ってたより楽しかったぜ、今日は」

「はは、俺もだよ――また機会があれば、四人で遊ぼうか」

「……まあ、悪くねえか、それも。けど――」

「けど？」

淳也が促すと、亮は一瞬だけ香をチラッと意味深に見た。

「——その時は我慢出来るように覚悟しとくわ」

小声で囁くように言って肩を竦めた。我慢というのが、香の独り言に対して笑ってしまわないようにというのを意味していることは明白で、淳也は噴き出した。

「ぷっ——あーはっはっは!!　そ、そうだね、覚悟しといてくれると、助、かる、かな……！」

「まあ、その時までに直ってる可能性もなきにしもあらず——か？　いや、ねえのか？」

「それは——そんな勿体ないことはとても——」

淳也が真顔になって返すと、恵梨花も真剣な顔になって頷いている。

一人何もわかってない様子の香を横に、亮はクッと笑って軽く手を振った。

「そうかい——じゃあ、またな、淳也」

「ああ、また、亮」

それから各々手を振り合って、亮と恵梨花の二人は淳也と香が残るコートを後にしたのである。

「はあーっ……」

二人が見えなくなってから淳也は再びコートの上で大の字になって寝転がった。

「だ、大丈夫ですか、淳也さん……？」

心配そうにする香に、淳也は苦笑する。

「大丈夫、ちょっと疲れただけ。やっぱり引退すると体力が落ちるね、1セットマッチするので精一杯だったよ」

「……あの試合は、それだけのような気がしないですけど……」

香が言いたいのは、亮と対戦する人は消耗《しょうもう》が激しくなってしまうことだろう。なにせ、試合の最中でどんどん上手くなって追い上げられるのだ。受けるプレッシャーは尋常《じんじょう》ではない。

「そうだね……」

苦笑して香と目を合わせると、淳也は悪戯っぽく笑った。

「でも、勝ったのは俺だよ――どうだった？」

すると香はハッとして、満面の笑みになった。

「す――っごく、格好良かったです!!　あんなの化け物ですよ！　怪物ですよ！　才能が服を着て歩いてるみたいなもんじゃないですか!!　でも、そんな人相手に勝った淳也さん、格好良かったです!!」

「はは――それ、藤本さんに言っちゃいけないからね？」

「あ、はい――と、とにかく淳也さん、格好良かったです！　素敵でした!!」

「うん、ありがとう」

改めて勝てて良かったと、淳也は香の笑顔を見ながら思った。

「でも、本当に何者なんですかね、恵梨花の彼…………――はっ!?　あの尋常じゃない運動神経はやっぱり私立探偵としての――」

「違うと思うよ？」

「ええ!?　淳也さん、また私の頭の中を読んだんですか!?　もうー！」

第四章　初めての遠出

淳也、香と別れた二人は、四人で歩いている時に見かけたバイクショップに寄って、朝に話していた通りに恵梨花用のメットを購入していた。

「これ、どう？　亮くん」

恵梨花が白と赤でカラーリングされたフルフェイスメットを被って、亮に向かってニッコリと笑った。

シールドを降ろしてないから、恵梨花の素顔は晒《さら》されたままである。

「どうって――」

正直なところ、メットを被っていながらこれほど可愛いと思える存在はいないだろう。というのが亮の偽らざる感想である。

「――よく似合ってる」

というよりも、今恵梨花が被っているのは本当にフルフェイスメットなのだろうかと思ってしまうほどで、似合っている似合っていないの問題ではなく、ただ可愛い。

「本当ー？」

「ああ、本当に」

亮が力強く頷くと、恵梨花は小首を傾げた。

「そう？　じゃあ、これにしよっかな。亮くんのメットは黒と赤だったし」

言いながら恵梨花がメットを外すと、亮はそれを受け取った。

「それじゃ、これでいいか？」

亮のメットとは大差ないデザインでカラーリングが違うそのメットを、手の中で転がしながら聞くと、恵梨花は頷いた。

「うん。ねえ、やっぱり私が買うよ。私が使うんだし」

「その話はもう終わってるはずだぜ、恵梨花。いいから俺に奢らせてくれって」

「でも……」

「いいから。頼むから、藤本家に還元させてくれ」

最近、恵梨花の両親の厚意により藤本家で誇張なく多大に食事の世話になり、かつ食費を渡そうとしても受け取ってくれないため、亮からしたら切実なことだった。

「うーん……はあ、わかった。じゃあ、お願いします」

苦笑と共に告げられて、亮はニヤリと笑った。

「おう」

それから亮は恵梨花の気が変わる前にと、メットを抱えてさっさとレジへ向かう。

そこでは店主らしきゴツい体格をした中年親父《おやじ》がいて、見かけとは裏腹に亮へ愛想よく笑いかけてきた。

「おう、兄ちゃん、決まったかい」

「ああ、これ頼む。あ、この後すぐ使うから箱とかいらねえから」

「あいよ。しかし、兄ちゃんの彼女、えらいべっぴんさんだな」

値段をレジに掲示しながら、お世辞ではなく心から感嘆していることがわかる声で言われて、亮は当然とばかりに頷いた。

「だろ？」

「だっはっは！　兄ちゃん、普通ここは少しは謙遜するもんだぜ」

「いやいや、おっちゃん。謙遜する必要性なんかかけらもねえじゃねえか」

亮が一万円札を差し出しながら言うと、店主はますます笑い声を上げる。

「だっはっは！　俺も長いこと客商売をしてるが、確かにその子ほどのべっぴんはお目にしたことなかったな！」

「だろうな」

亮がうんうんと首を振っていると、後ろから顔を真っ赤にした恵梨花に腕を掴まれる。

「ちょ、ちょっと、亮くん。は、恥ずかしいからやめてよ……！」

「うん？　……あ、ああ、悪い」

気づけば、亮と店主のやり取りは多くはないが店内にいる他の客から、生暖かい視線を集めていた。

「だっはっは、嬢ちゃん。まあ、それだけ兄ちゃんから愛されてる証拠ってことだ。そう目くじら立ててやんなや――ほら、釣りだ」

「ああ……」

面と向かってそう表されてから流石に恥ずかしくなった亮は言葉少なく釣りを受け取った。

「あい、毎度あり――そうだ、兄ちゃん、そのメットはそこの嬢ちゃんを後ろに乗せる時に使うもんなんだよな？」

「？　ああ」

「それなら、こういうのはどうだい。便利だぜ」

そう言いながら店主がレジ裏から引っ張り出したものをカウンターに載せて、亮に見せる。

パッと見はコードレスのイヤホンのように見えた。

「イヤホン……？　いや、もしかしてこれ、インカムか？」

バイト中にいつも使用しているその機器を思い浮かべて亮が尋ねると、店主が感心したように目を瞠った。

「おう、よくわかったな、兄ちゃん。これはスマホのイヤホンとしても使えるが、うちで出してるところから察した通り、二人乗りやツーリングしてる時の無線機器としても使える。これがあれば二人乗りしてる時の走行中でも聞こえにくいなんてことなく、楽に会話が出来るぜ」

バイクの二人乗りでは距離は密着していても、風が吹きメット越しということもあって、会話はなかなかに難儀《なんぎ》する。

なのでインカムがあれば確かに会話するのに不自由しないだろうと、亮は感心する。

「へえ……？」

チラッと恵梨花を見ると、興味深そうにしている。

「よし、貰った」

「毎度あり。二つ選びな、メットも買ってもらったことだしな、いくらかサービスしてやるよ」

「ありがとよ――恵梨花、どれか選べよ」

「あ、うん――じゃ、じゃあ、この白とピンクの……」

「これだな。じゃあ、俺は――この黒のでいいか」

無難に選ぶと、店主は頷いて料金をレジに映す。言っていた通りに随分とまけてくれていた。

そうして支払いを終え、店主の「サービスしてやるからまた来いよー」という声を背に、亮と恵梨花は店を出た。

途端に亮は恵梨花から肘《ひじ》で腹を打たれる。

「もう！　亮くん、すごく恥ずかしかったんだからね!!」

「いや、そう言われてもな……俺は事実を口にしただけなんだが」

亮が至って真面目に言い返すと、恵梨花は耳まで真っ赤になって詰まった。

「……っ、うう……と、とにかく！　恥ずかしいから、外ではさっきみたいなこと大きな声で言わないで！　特にお店の中!!」

「……大きかったか？」

「大きかったわよ！」

「そうか……わかった、善処する」

「それしないやつ――!!」

「いや、そんな――」

などと二人は大きな声で言い合いながら、亮のバイクが駐められている駐車場へと向かったのであった。


買い物を終えて駐車場に着くと、恵梨花がメットのベルトを調整しながら聞いてきた。

「ねえ、亮くんが朝に言ってた連れて行きたいとこって、ここからどれぐらいかかるの？」

「ん……？　あれ、これから行くつもりだったのか、恵梨花は？」

「え？　じゃない……の……？」

コテンと首を傾げる恵梨花に、亮は言葉が足りなかったかと頬を掻く。

「悪い、そう言ったつもりじゃなかったな」

「そっか……」

少し残念そうに眉尻を下げる恵梨花に、亮は少し考えてから言った。

「まあ、別に今日にしてもいいんだが」

「本当⁉」

パアッと嬉しそうな顔をする恵梨花に、亮は苦笑する。

「ああ。けど、そこは暗くなってからじゃないと意味がないところでな」

「？　……それじゃ、今から行っても早いってこと？」

「それもあるが、それよりお母さんとかに話してないだろ。帰りが遅くなるんだよな、二十一時は過ぎると思う」

「あ……それじゃ、えっと……ちょっと待って電話してみる！」

忙《せわ》しなくスマホを取り出す恵梨花に、亮は付け足す。

「ちょい待った。そこ行くのにバイクでも一時間近くはかかるから、俺はともかく恵梨花は着替えねえといけねえぞ」

「？　この格好じゃ――あ、スカートはやっぱりダメかな……」

「ああ、そういう意味もあるが、それよか暗くなってからバイクに長時間乗ってると、この季節でも冷える。だからジーンズを履いて、上はジャケットか何か羽織《はお》った方がいい」

「あ、なるほど……行くにしても一回帰んなきゃなんだね？」

「そういうこと」

「わかった。でもとりあえず、お母さんに電話するね。晩ご飯のこととかもあるし……晩ご飯どうしよっか？」

「それは行きがけの適当なとこで食おうぜ。今から恵梨花の家に行って、恵梨花が着替えてから向かって、それで途中で何か食ったら、多分ちょうどいい時間になりそうだし――行くとするならだが」

そう具体的に話したことが刺激になったのか、より行きたくなったようで恵梨花は目を輝かせた。

「晩ご飯、外で一緒にするのも久しぶりだね！　ちょっと待ってて、電話するから」

「おう」

亮は電話をする恵梨花からメットを受け取ってやる。

「あ、もしもし、お母さん、あのね――」

電話越しから微かに聞こえる華恵の声を聞き流しながら、一分ほど待っていると、話は終わったようで、恵梨花が嬉しそうにスマホをハンドバッグにしまった。

「行ってきてもいいって！　亮くんが一緒なら心配ないわねって!!」

弾んだ声でそう言われて、亮は華恵から向けられている強い信頼感を改めて実感して苦笑する。

「そうか、じゃあ、とりあえず、恵梨花の家に向かうか」

「うん！」

そうして亮はメットを被り、バイクに跨《また》がると、恵梨花に後ろへ乗るよう促す。

「気つけてな」

「うん……よっと」

運動神経は悪くない恵梨花は、特に不自由することなくヒョイッと横乗りで亮の後ろに座る。

「あー……スカートに気をつけろよ。翻らないようにな」

亮は主に自分以外には見られたくないという独占欲からそう口に出した。

「うん、ちょっと待ってね……はい、大丈夫だよ」

後ろで少しモゾモゾと動いてから恵梨花は亮の腰に手を回した。

「よし——しっかり掴まってろよ。安全運転するけど」

「はーい」

上機嫌に弾んだ声で返事をした恵梨花は、ギュッと腰に掴まると、亮の背にピタッと密着した。

途端、亮の肩がピクッと揺れ——固まる。

「——亮くん？」

なかなか動き出さない亮に、恵梨花が密着したまま小首を傾げる。

「あ、お、お、おう——じゃ、じゃあ、行くからな」

「うんっ」

そうして亮はスロットルを開き——バイクが動き出す。

「わっ——」

初めてのことだからだろう、恵梨花が少し驚いた声を出して、亮の腰に回した手にさらに力を入れ、より強く密着する。

——モニュン。

亮は背中からそんな音が聞こえたような気がしたが、努めて意識しないよう心がけ運転に集中した。何故ならそうしないと、背中に当たる重量兵器に理性を粉微塵《こなみじん》にされかねないと思ったからだ。

(——安全運転、安全運転……)

その結果、恵梨花の家へ向かうまでバイクのスピードが非常にゆっくりだったのは、安全運転を心がけたからなのか、もしくは運転する時間を少しでも惜しんだせいかなのか、定かではない。

「はー……もう着いちゃった」

藤本家の前に着くと、恵梨花は名残惜しそうにそう言って、慎重にバイクから降りた。

多少、亮も同じような心地になりながらメットを外した。

「まあ、それほど離れてる訳でもねえしな——で、どうだった?」

初めての二人乗りの感想は、という意味で聞くと、恵梨花は目をキラキラとさせて興奮気味に言った。

「気持ちよかった――！　特に風がいい感じに当たって、涼しくて心地いいね!!」

「だろ」

目一杯満足そうに告げられて嬉しくならない訳がなく、亮は片頬を吊り上げた。

「うん！　この後はもうちょっと長く乗れるし、それももう楽しみ！」

「そうか」

「うん、じゃあ、早速着替えてくるから――亮くんも上がったら？」

「ああ、そうだな――」

今更この家に入ることに躊躇や遠慮なんてものを覚えない亮が頷こうとしたところで、背後から「あー!?」と、馴染みのある驚いた声が聞こえてきた。

声が届く前から気づいていた亮は苦笑を浮かべて振り返った。

「よう――ツキ」

「ああ、ツキも帰ってきたとこだったの――おかえり」

恵梨花も目を向けた先には、部活帰りなのだろう短パンTシャツと体操服らしきものに身を包んだ美月が、亮と恵梨花を――正確には亮のバイクへ指差しながら震えていた。

「何これ――!?　え、もしかして亮にいのバイク!?」

「ああ」

亮が軽い声で返事をすると、美月は駆け寄ってきて、感嘆した様子でバイクの周りをグルグルと回り始めた。

「うわー、わー、亮にい、バイク持ってたんだ！　てか、免許持ってたんだ!?　うわー、格好いいー！　バイクに跨ってる亮にいも、いつもより格好いい――！」

「そうでしょうそうでしょう」

恵梨花が自慢げにうんうんと腕を組みながら頷いている。

「え、もしかして、ハナ姉、後ろに乗って帰ってきたの!?」

「そうだけど」

「えー!?　いいなー、いいなあー!!」

美月が恵梨花の抱えてるメットと亮を交互にチラチラと見ながら、非常にわかりやすい態度を見せてくる。

思わず亮が苦笑していると、業を煮やしたのか美月は許可を得ずにピョンッと亮の後ろに、恵梨花と同じように器用に足を揃えて飛び乗った。

「亮にい、ゴー!!」

そう言って、手を振り上げる美月に恵梨花が眉を吊り上げた。

「こら、ツキ！　亮くんが乗っていいって言ってないのに!!」

「い、いいじゃーん！　ちょっとだけだからさあ！」

「そういう問題じゃないでしょ!!」

怒鳴る恵梨花だが気持ちはわかるからか、眉を寄せて亮と目を合わせる。

構わないという意味を込めて亮が頷くと、恵梨花は仕方なさそうにため息を吐いた。

「まったくもう……亮くんもツキに甘いんだから」

「はは……」

最近、あまりツキを甘やかさないよう言われている亮は、苦笑を浮かべながら頬を掻いた。

そんな二人のやり取りから察したらしい美月が「やったー！」と声を上げる。

「もう、ツキ、ちょっとだけだからね。この後、亮くんと私、出かけるんだから」

「うん！」

「まったくもう……」

またそう言いながらも、恵梨花は美月にヘルメットを被せてやった。

「ごめんね、亮くん」

「構わねえよ。じゃあ、ちょっとそこら回ってくるわ」

「うん。私も着替えておくから――あ、スーツ置いていくでしょ？　預かっておくね」

「ああ。あ、出る時はジャケットだけ羽織っていくから、それだけ持って出てきてくれ」

「うん、わかった」

「頼んだ……じゃあ、行くぞ、ツキ。しっかり掴まってろよ」

「うん！」

楽しくて仕方なさそうな声で返事をした美月は、ギュッと亮に抱き着いた。

また恵梨花と違った柔らかな感触に密着されるが、最近は一層美月と妹のように接していたせいか、または恵梨花で免疫が出来たのか、まったくと言っていいほど亮は動揺しなかった。

「じゃあ、十分くらいで戻ってくるから」

恵梨花に告げると、美月が不満そうな声を出した。

「えー、それだけー？」

「ツキ――？」

「りょ、亮にい、早く!!」

「へいへい――じゃあ、また後でな」

とばっちりで恵梨花から迫力ある笑みを向けられながら、亮はバイクを発進させた。

「きゃっほーい！」

途端に美月が歓声を上げ、思わず亮は苦笑する。

「しっかり掴まってろよ！」

「うん！　ねえ、亮にい、このまま海でも山でも行こうよお！」

「十分で往復出来るか！　どっちもこっからどれだけ距離あると思ってんだ」

「えー、亮にいなら何とかなるって！」

「俺を何だと思ってんだ!?」

「何って――……何だろ？　スーパーマンだっけ？　あ、ゴリラだっけ」

「……今度、俺への認識について話し合う必要があるな」

「えー!?　何てー……」

メット越しで騒がしく話しながら、短い走行を楽しむ二人であった。


「聞こえてるか？」

『うん、大丈夫！　ハッキリ聞こえていいね、これ！』

「だな」

もっと乗せてくれと不満そうだった美月と藤本家に戻ってきた亮は、ジーンズと雪奈のらしいライダースジャケットに着替え終えた恵梨花とエプロン姿の華恵に迎えられた。

その際、恵梨花の私服姿でパンツスタイルは初めて見るんじゃないかとふと思いながら、これも似合うなと頬を綻《ほころ》ばせていたりした。

そんな亮に華恵が「途中で食べるらしいけど、これだけでも食べて行きなさい。そろそろお腹空いてるでしょ」と特大のおにぎりを渡された。

亮がそれをその場でペロリと食べ終えると、華恵は「亮くんが一緒にいるから遅くなることに関してはちっとも心配してないけれど、事故にだけは気をつけてね」と言った。

亮は苦笑しながら頭を下げ「その点については重々承知してます。安全運転で行きますので」と返すと、亮の両親のことを思い出したからだろう、華恵は複雑そうな顔になって頷き、見送ってくれた。

そうして先ほどの帰ってくる時には距離が短かったために使わなかったインカムの使い心地を二人で確かめながら、目的地へ向けて快適にバイクを走らせているのである。

「疲れたら言えよ、恵梨花。停めて休憩するから」

『うん、わかったー』

「本当に遠慮なくな。バイクは車と違って、運転してる人より後ろに乗ってる人の方が疲れるんだし」

『え？　あー……なるほど、確かにそうかも』

実際に乗って亮に掴まっているからだろう、実感したような声で改めて「わかった」と返す恵梨花。

「ああ。なにせ一時間近くは走るし、時間には余裕もあるしな」

『うん——ねえ、向かってるところってどんなところか聞いてもいい？』

「あー……そうだな、簡潔《かんけつ》に答えると山だな」

『山……あ、もしかして夜景を見に？　すごい穴場のところだったり？』

亮は少し考えてから、からかい混じりに答えた。

「さて、どうだろうな？」

『えー？　まだ教えてもらえないの？』

本気で拗ねたようなでなく、面白がってる声を出す恵梨花に、亮は微笑する。

「どうせなら驚かせたいしな――最近、誰かさんの家に初めて行った時、散々サプライズを受け続けた身としては」

誰かさんとは勿論恵梨花のことで、亮がその日のことを思い出しながら悪戯っぽく告げると、恵梨花の肩が揺れた。

『うっ……そ、その節は、ご迷惑をおかけしました……』

申し訳なさそうな恵梨花の声を聞いて、亮はからからと笑った。

「はっは、いやー、あの日は本当に濃い一日だったぜ」

『か、返す言葉もございません……』

ますます申し訳なさそうな恵梨花の声に、亮はここらでやめておくかと苦笑する。

「まあ、でもあの日があったから、恵梨花の家族全員と仲良くなれたし、今じゃ毎日のように食事の世話なったりしてるしな……結果的にはああなって良かったと思ってるぜ」

『……本当にそうだね。なんだかんだで結果オーライの日だったよね』

「ああ」

『あ、ねえ、亮くん。ツキにはそんな風に言っちゃダメだよ。あの日予定が狂ったのはあの子がお父さんとお兄ちゃんにお小遣い目的で話したせいなのに、亮くんがそんな風に言うと調子に乗っちゃうから』

「はっはっは、確かにな！」

『ふふ、ね？』

「ああ……しかし、アレだな。ツキは典型的な末っ子って感じだよな」

『ぷっ……確かにそうだね。お父さんとお兄ちゃんが散々甘やかすから……』

やれやれと言いたげな恵梨花の声に、亮は運転中だというのに肩を震わせて笑ってしまった。

「ははっ……でも、そのおかげか天真爛漫《てんしんらんまん》って言うのか？　可愛いもんだよな」

『……』

「……え、何だよ」

『はあ……ここにもツキを甘やかす人が……ううん、甘やかしてる人が……さっきもそうだったし』

「いやいや、俺はそんな甘やかしてるつもりは……」

『うんうん、お父さんとお兄ちゃんと同じこと言ってるよ、亮くん？』

「……いやいや、実際的に親父さんと兄さんほどじゃないだろ」

『うーん……知らぬは本人ばかりって言うよね……』

「異議あり――！」

『却下します』

「おい、ちょ――」

初めての二人乗り、初めての遠出、初めて二人で遅い時間に出かけている、などの初めて尽くしのせいか、知らず昂揚《こうよう》している二人は、バイクの上でいつまでも雑談を弾ませていたのであった。


夕飯の店として二人が寄ったのは、山に近づくとよく見かける田舎そばの店だった。

「俺、天そばと親子丼とカツ丼と……ざるそばも貰うか――あ、全部大盛りで」

「私は山菜そばをお願いします。それと、この和風サラダと」

「か、かしこまりました――あの、当店の大盛りはけっこうなボリュームになりますが、大丈夫でしょうか？」

頬を引き攣らせながら確認するように聞いてくる店員に、亮と恵梨花は揃って頷いた。

「むしろ助かる」

「そうね」

「か、かしこまりました――少々、お待ちくださいませ」

一礼して去っていく店員を目にして、恵梨花はため息を吐いた。

「どうしたんだ、恵梨花？」

「ああ、うん……家で食べることが多くなって、亮くんの食べる量がわかってから、外食する時はさっきのでも本当に抑えているんだなってわかったことと――」

「おう、そうだろ。外で食う時はいつも満腹になるまで食ってる訳じゃねえぜ――それと？」

「……もう驚かなくなってる自分に少し驚いて……普通はさっきの店員さんみたいに驚くよね……」

何かを失くしてしまったと言いたげにため息を吐く恵梨花に、亮は何と言ったものかと少し考えてから視線を逸らした。


「ズズズズッ――しかし、なんで山の麓《ふもと》って、こういう店が多いんだろうな」

ほどなくして届けられた天そばを豪快に啜《すす》りながら亮が首を傾げると、恵梨花もそばを啜ってから小首を傾げた。

「そういえば多いよね？　……あ、やっぱり山の幸《さち》を活かすためだったりかな？」

「山の幸……？」

亮は再び首を傾げた。先ほど自分が注文したものを思い浮かべると、山とはあまり関係ないような気がしたからだ。

「えーっと……関係ありそうなのは、私が食べてるこの山菜そばの山菜だったり……後は、天ぷらとかかな？」

「……それって、割とどこの店でもあるよな」

「そ、そうだけど……でも、こういう店って気分の問題じゃない？　同じような店があるから、ほら――今少し旅行の気分で楽しいし。それを味わってもらうために、こういう似たような店があるっていうのは？」

「……なるほどな」

「ね、そう思えてくるでしょ？」

ふふっと微笑する恵梨花に、亮も同じような笑みを浮かべる。

（……恵梨花と旅行したら楽しそうだな……いや、絶対楽しいだろうな）

そんなことを考えていたら、恵梨花が上目遣い《うわめづか》いでチラッとこっちを見て言った。

「本当に旅行したら……楽しいだろうね」

タイムリー過ぎて、亮は今日一緒にいた恵梨花の友達である香のあの癖が移ったのかと焦ってしまった。

「そ、そうだな……あ、でも、来月に旅行の予定があったな」

「あ、うん、梓の別荘《べっそう》のとこだよね」

「あの女、教室で堂々と言うもんだから、偉い目に遭ったぜ」

つい先日、亮の教室に来た梓は、あまり抑えてない声で、恵梨花、咲と夏休みに海へ旅行に行くからと言って、都合のいい日を聞いてきた。亮が答えると梓は鷹揚に頷き、捨て台詞を吐いて教室から出て行った。そのせいで、軽く教室内がパニックに陥ったのだった。

その時のことを思い出して亮は遠い目をする。

「あっはは、みたいね――で、でも、その、それは皆とので……」

そこまで言って恵梨花は黙ってしまったが、その先を察した亮はつい詰まってしまった。

「……」

チラチラと期待するような視線を向けられて、亮は意を決して言った。

「い、いつか、行こうぜ――二人で」

「！　う、うん……」

照れたように頬を染めて頷く恵梨花に、亮は落ち着かなくなって頭を掻いた。

「……こちら、カツ丼大盛りと、親子丼の大盛りになります」

突然、二人の目の前に丼ぶりが二つ並べられて、二人はビクッとしてしまった。

どこか苛立ったような顔をした店員がいつの間にか来ていて、注文していたものを置いて行った。

（……この距離で俺が気づかなかったとは、この店員さては――って、違うよな、流石に……）

最近、似たようなこと多いなと、亮は己の不覚にため息を吐き、食べ終えた天そばの器を脇に寄せて、親子丼を手に取ったのだった。

◇◆◇◆◇◆◇

「こっからバイク降りて行くから」

食事を終えてからバイクで走ること三十分ほど経ち、暗くなってきたところで、亮はバイクを停めた。

「ここからって……え、ここ？」

恵梨花がそう聞いてしまうのも無理はない。今いる場所は山中の脇道のような、そんな道の途中で、街灯すらもろくにないような真っ暗な場所だったからだ。

「ああ。この先はバイクじゃ行けねえからな」

「この先は——って、どこのこと言ってるの？　この道の先じゃないの……？」

かろうじて舗装《ほそう》されている道の先に目をやりながらの恵梨花の問いに、亮は首を横に振った。

「違う。そっちじゃねえ、こっち」

そう言いながら亮が指し示したのは、ガードレールを越えた先の、舗装どころか土がむき出しの木々に囲まれている斜面で、道もない文字通りの山中である。

「……」

恵梨花は目を凝らして見上げるが、到底、自分がこんな場所を登るのはおろか、歩けるとはとてもじゃないが思えなかった。舗装されている道でないというのもあるが、それ以上に暗いのだ。

一メートル先すらろくに見えず、正直に言えば、亮がいるから怖くないだけで、一人でこんなとこに突っ立ってるなんて無理だと思うほど、ここは静かで暗かった。

「えっと、あの、亮くん、私、ろくに前が見えないし、こんなところとても歩けない——っていうか登れないと思うんだけど……」

「ああ、心配するな。おぶっていくから」

なんでもないように亮が言うが、恵梨花はそれはそれでどうなんだろうと少し不安になった。

「えっと……え、あれ？　亮くん、暗くないの？　この暗さの中で、こんな道歩けるの……？」

「うん？　ああ、これだけ星明りがあればな。月も照ってるし、十分だ」

「そ、そう……」

恵梨花は自分の彼氏が突き抜けた身体能力を有していることは知っているが、視力までそうだとは思っていなかった。

「という訳で——ほら」

そう言って、亮はしゃがんで恵梨花に背を向ける。

「は、はい——」

亮のことを信頼してない訳ではないが、本当に大丈夫なのだろうかと思わずにいれない心境で、恵梨花は亮の背中に身を委ねた。

（……バイクから降りても体勢があまり変わってないな……こっちの方が楽だけど）

気づけば夕方からずっと亮の背中にくっついている恵梨花である。

（まあ、いっか……亮くん、いい匂いがして落ち着くし）

大好きな人だから、というためか、香水の類でない亮自身の匂いを、いつしか恵梨花は好きになっていた。

筋肉質であるがゴツゴツと固くはなく、頼もしい背中に密着したおかげで、恵梨花が落ち着いてきたところで、亮は軽々と立ち上がって恵梨花の太ももを支えた。

「じゃあ——しっかり掴まってろよ」

「う、うん」

恵梨花は亮の首回りを首を絞めないよう気をつけながらギュッと力を入れる。

「よし——」

そうして亮はガードレールに片足を乗せ、その場で斜面へ向けて跳躍《ちょうやく》してガードレールを飛び越えると、地に足が着くやいなやとてつもない勢いで走り出したのである。

「ええええ——!?」

てっきり歩いて登っていくのかと思っていた恵梨花は、慌てて亮にしがみついた。

「ちょ、ちょっと亮くん、こんなスピードで走って大丈夫なの——!?」

体感であるが、恵梨花一人で走るスピードよりよっぽど速いような気がした。

恵梨花が叫ぶように聞くと、亮はとても人一人を背負って山中を走り登っているとは思えないほど気楽な様子で答えた。

「ああ、だから大丈夫だって——あ、飛ぶぞ」

そう言うと亮はグッと足を踏み込んでジャンプし——

「へ？　……きゃあああああ——!?」

突然、浮き上がるような感覚が来たかと思えば、すぐにあのえも言われぬお腹がヒュンとなるような落下の浮遊感に襲われた恵梨花は驚かずにはいられず——暗く静かな山中に恵梨花の悲鳴が響いたのであった。

「わっ——!?　ひゃあああああ!?」

叫び声を山中にこだまさせながら、恵梨花は慌てて亮にしがみついた。

落下が終わったと思ったら亮は恵梨花を背負っているにもかかわらず、まるで重さを感じさせないようにストンと着地し、何事もなかったようにそのまま駆け出す。

「うわっ——!?」

そのスピードがまたとにかく速く、今度はまた違う方向に体が置いていかれそうな力を受けて、また腕に力を入れ直す。

必然的に恵梨花と亮はもう一分の隙間もないほどにくっついて——いや、恵梨花がしがみついている。

そうして恵梨花の体勢が落ち着いたと亮も感じ取ったのか、さらにスピードが上がる。だけでなく、右に左と飛び跳ねる。

恵梨花には暗くてまるで見えないが、そうやって障害物を避けて走っているのだろう。

「だ、大丈夫なの、亮くん!?　こ、こんな風に走って——!?」

恵梨花が亮の耳元に向かって声を張り上げると、亮は少しくすぐったそうに身をよじらせてから、落ち着いた口調で答えた。

「ああ、大丈夫。これでも抑えて走ってるしな。それよか驚かせたみたいだな、悪い」

「えっと——お、驚いたのは確かだけど……」

これでも抑えてるのかと恵梨花は気が遠くなりかけた。

「なんなら目瞑ってしがみつくのに集中した方が楽かもしれねえぞ」

「……じゃ、じゃあ、亮くんの言う通りに……」

亮の声を聞いたからか自分でも驚くほど落ち着いてきた恵梨花は、亮の言う通りに目を閉じて改めて亮へしがみついた。

考えてみれば、亮が自分を背負って危ない真似などするはずもないという当たり前の事実に、恵梨花は気づいた。特に今は泉座《せんくら》でギャングに追われてるような緊急事態でもないというのもある。

なので今のプチジェットコースターを思わせるスピードと挙動は、亮にとってはなんでもないことなのだとわかり、恵梨花に余裕が戻ってきて、次第に体の力が緩んでくる。

「——よし、その調子で掴まってな。すぐ着くから」

「う、うん……」

恵梨花が返事するやいなや亮はさらにスピードを上げた。

「——飛ぶ」

その声が聞こえたと同時に、亮の体にグッと力が入るのを恵梨花は体で感じた。

そして跳ねるように体が浮き上がったかと思えば、落下感を覚えることなくどこかに亮の足が接地した——と思ったら踏んだ場所がまるでバネのように跳ねて、亮はさらにジャンプした。

そのようなことが二度、三度と連続したところで、段々とジェットコースター気分を味わえてきた恵梨花はふと思った。

(……もしかして、木の枝から木の枝に飛んでない、これ……?)

そのまさかで亮は恵梨花を背負ったまま、時に木の枝や幹を蹴り、地面に着くことなく三角飛びを連続させて移動していたのだ。

(あ、は、ははは……)

思わず内心で乾いた笑い声をあげる恵梨花であった。

(……咲も言ってたけど——)

「忍者みたい……」

恵梨花がボソッと呟くと、それが聞こえていたようで亮の肩がピクッと反応する。

「……別に忍者じゃなくてもこれぐらい出来るだろ……」

どこか焦ったような声だったので、恵梨花は内心で首を傾げた。

(……? どうしたんだろ?)

「恵梨花、目開けてるか?」

数分ほど走ったり飛び跳ねたりした頃、大人しくしがみついていた恵梨花に亮が聞いてきた。

「え？　ううん、目閉じてたらなんか楽しくなってきて、そのまま……」

「そうか、じゃあ、ちょうどいいから、そのまま俺が言うまで閉じとけよ」

「？　うん、わかった」

「よし、もうそろそろ着くからな」

「はーい」

そう恵梨花が返事してから、どうやら目的地に近づいてきたようで、スピードが落ち始めた。

「確かこの辺……ああ、あそこか――よかった、まだいてくれたか」

そう言って方向を変えて、少し走ったところで亮は走るのをやめてゆっくり歩き始めた。

走るのをやめたため、目を閉じている恵梨花の耳には、少しずつ周囲の音が聴こえてきた。

一番耳に入ってくるのは、虫の音だった。初夏の山の中だから、色んな虫がわんさかと鳴いている。そこから耳を澄《す》ませば、虫の音の中に川のせせらぎの音のような、水が流れる音も聞こえてきた。

肌には夜の山中特有の湿《しめ》っていて、それでいて緑を思わせる風を感じる。

そんな静寂《せいじゃく》の中で恵梨花の耳には砂利《じゃり》を踏む亮の足音と、水の音と、虫の音がリンリンと響く。

亮の背中に揺られてそれらを心地よく感じていると、亮が周囲の空気を壊さないようなそっとした声を出した。

「……まだ、目開けてないな、恵梨花？」

「う、うん……もう開けていいの？」

「いや、まだ――ここで降ろすけど、いいって言うまで目開けるなよ？」

何が待っているのか、亮の思わせぶりで恵梨花のリアクションを楽しみしてるのがわかる声を聞いて、恵梨花は期待に胸を膨らませながら頷いた。

「わ、わかった」

亮がそっと膝を折ると恵梨花の足が地面に届く。

踏みしめようとしたところで、未だ目を閉じたままだったために、バランスを取り損ねてしまう恵梨花。

「わっ――」

そんな声を上げるもすかさず力強い手で肩を支えられ、恵梨花は両の足で地面を踏み直した。

「あ、ありがと」

亮の腕に掴まりながら言うと、反対の手でそっと肩を叩かれる。

「いや――目、開けていいぞ」

「うん」

恵梨花がゆっくり目を開けると位置的に当然か、正面に立っているどこか面白がってる亮の顔が見え、クイッと顎で示された方へ視線を向けると、何か小さな光がチラホラ見えた。

「……？」

パッと見た時は何かのイルミネーションかと思ったが、違った。

その光は瞬いていて、それでいてゆっくり空中を動いている。

そこまで認識してから恵梨花はハッとした。

「！　もしかして、蛍《ほたる》――!?」

恵梨花が興奮の面持《おもも》ちで顔を上げると、亮は悪戯が成功したような顔つきで頷いた。

「正解」

「わあっ――!?」

雰囲気のせいもあるが、この場の空気を壊したくないと無意識で思っているため、抑えた声で恵梨花は歓声を上げる。

ずっと目を閉じていたことから暗闇に慣れていた目が、すぐ周りを鮮明《せんめい》に映し出す。

足場が安定していることを確認してから恵梨花は思わず駆け出した。

この場は山中にある川のそばのようで、その川に流れるように蛍が宙を泳いでいる。

蛍に一層近づいたところで、恵梨花は足を止める。

「うわあ……」

蛍はチラホラという数ではない、数え切れないほどいて、自然を謳歌《おうか》するように光を瞬かせている。

無警戒に恵梨花に近づいてくるのもいて、つい目で追ってしまう。

もう少しで恵梨花に接触するかと思った蛍は、されどカーブして光のカーブを描いてまた川へと戻っていく。

そこには仲間達がいて、一緒に踊り始める。オレンジがかった光だと思えば、黄色に近いもの、青っぽいような緑っぽいような光を灯らせる蛍もいた。

そうやって宙に描かれる自然のイルミネーションに、恵梨花は知らずの内に両手を組み、言葉もなくして見入った。

「……七月の半ばも過ぎたところだったからな、もしかしたら遅くなったかもとは思ってたんだが――」

後ろから砂利石を踏む音を響かせながら、そんなどこかホッとしたような声が近づいてきて、恵梨花はハッとして振り返る。

「どうやら間に合ったみたいだな。ここまで連れてきて空振りだったらどうしようかと思ってヒヤヒヤしたぜ」

蛍へ向けていた目を、恵梨花に合わせた亮は安堵の笑みを浮かべながら片頰を吊り上げる。

「そうだったんだ……」

どこか夢見心地で恵梨花がそれだけ返すと、亮は隣に並んでからかうような目を向けてきた。

「どうだ、気に入ったか、ここ？」

夢見心地でどこか頭が回っていなかった恵梨花は、その言葉でハッとして再び亮を見た。

そう、ここは亮が連れて行きたいところがあると言ってから連れてきてくれたところなのだと、恵梨花は今更ながら思い出したのだ。

そのことを改めて認識してから、恵梨花の胸中が溢れんばかりの喜びと感謝、亮への愛情に満たされていく。

「うん――！　……亮くんっ――!!」

感極まった恵梨花は衝動に突き動かされるままに、亮へ飛びついて抱きつくと、歯がぶつかりかねない勢いで唇を重ねた。

「んぷ――!?」

突然のそれを亮は目を白黒させながら受け止めた。

首へ手を回しギューッと抱きつきながら熱烈なキスをした恵梨花はそれで収まらず、雨あられとばかりに亮の顔中の至るところへキスの雨を降らせた。

そしてひとまず気が済んだ恵梨花は、一歩後ろに退がると手を広げ満面の笑みで声を張り上げた。

「大好き――！」

魂《たましい》が出かかってるような亮はその声にハッとして、頬を引き攣らせながら頷いた。

「き、気に入ってもらえたようで、よかったぜ……」

「うん、とっても――!!」

そして恵梨花は振り返ってから、先ほど目を向けていたところとは違う場へ駆けた。

「……昇天するかと思ったぜ……」

ため息と共に吐き出された亮のそんな疲れたような声を置き去りにして――

「ねえ、どうしてこんな――変わった場所を知ってるの？」

亮と手を繋ぎながら恵梨花が尋ねた。

「恵梨花、濁さなくてもいいんだぜ。こんな変なところってな」

「あ、はは……」

あちこち動き回り鑑賞《かんしょう》して、恵梨花がほどほどに落ち着いたところで、二人は川沿いをゆっくり歩きながら蛍を眺めていた。

「ねえ、どうして？」

恵梨花が再度聞いてみると、亮はどこか懐かしむように言った。

「そうさな――ここ、親父が見つけたところでな」

「亮くんのお義父《とう》さんが？　そうなんだ」

「ああ、なんでも適当にブラついてたらたまたまここに辿り着いたらしい」

「へえー……――え？」

恵梨花の相談が感心した声から疑問形になると、亮はよくわかると言わんばかりに頷いている。

「ああ、そうなるよな。どう適当にブラつけばこんなところに辿り着くんだって話だよな」

「う、うん……」

まさにそのままの疑問を抱いたので恵梨花は控えめに頷いた。

「俺もその辺を突っ込んでみたんだが、親父が言うには急に山に入りたくなったとかそんな訳のわからん答えしか返ってこなくてな」

「そ——そうなんだ」

どうやら亮の父親は、話に聞いていた以上のワイルドさのようだ。

「しかも、その辿り着いた時が今みたいに夜でこの季節で、蛍が山ほどいたってタイミングだったんだと」

「……それってすごい偶然だよね」

「ああ。呆れるほどにな」

言葉にしている通りに亮の顔には呆れの色が浮かんでいる。

「ふふっ、じゃあ、お義父さんからここを教えてもらったの？　亮くんは」

当然の帰結として、恵梨花はそう聞いてみるが、亮は首を横に振った。

「いいや。親父はいちいち俺をこんなとこに連れてくるほど、情緒あるっていうか、気の利いた人間じゃねえし」

「そ、そうなんだ……？」

なんとも返事に困った恵梨花であった。

「じゃあ、誰が亮くんをここへ……？」

そう聞くと、亮はとある川縁の一点へ、そこに誰かがいるかのように懐かしむように、目を凝らした。

「――母さんだ」

つられて同じ方向へ目を向けていた恵梨花は、亮の返事を耳にした途端、そこに亮の母がいたのだと直感的にわかった。

「……そっか」

同時に亮の母は亮の父に連れられたのだろうことがわかる。

恵梨花の声に亮は頷き、そして肩を震わせ笑い始めた。

「ははっ――まあ、わかると思うが、母さんは親父にここへ連れてきてもらった訳だが、その経緯もまた面白くてな」

「え、どんな？」

「ああ。さっきも言った通り、親父は色々気の利かねえやつでな、母さんと結婚してからでも、なんというか……女性が喜ぶような場所に母さんを連れてくなんてこともなかなかなかったらしい。それで拗ねた母さんが、親父の食事を飯と梅干しだけにして数日、堪《た》えかねた親父が母さんの怒りを解くために頭を捻って思いついて連れて行ったのが――」

「――ここ？」

続く言葉を恵梨花が思わず先に言うと、亮は頷いた。

「ああ――まあ、その時の季節も幸いしたんだろう。そのおかげで親父は母さんから許しを得て、次の日からまともな食事にありつけるようになった」

「ふっ、ふふっ……」

思わず笑ってしまった恵梨花に、亮も合わせて笑い声を上げた。

「ははっ……それからは親父も流石に学習したらしくてな、時折どこか一緒に出かけるようになって――その中でも、ここへは毎年来るようになったらしい」

それはそうなるだろうと恵梨花は無言で頷いた。

なにせ、この季節、その中でも限られた期間しか見られない上に、他に来る人もいない特別な場所だ。

季節が来れば毎年来たくなるのも無理はない。

「でも、俺が……確か中学二年の時だったか？　親父が仕事が忙しくてここへ来るのが難しいって話になって――母さんは代わりに俺をここへ連れてきた」

「そっか……？　その時が初めてなの？　それまでに連れてもらえなかったのは何か理由があるの？」

思いついた疑問をそのまま口にすると、亮はニヤニヤとした笑みを浮かべる。

「それはな、親父が恥ずかしがったかららしい。こんな――なんだ、親父らしくない繊細《せんさい》で綺麗な場所へ母さんとデートしてたなんて、俺に知られたくなかったんだろう」

「まあ。ふふっ――お義父さんって、シャイなんだね」

「シャイ……なんか親父には似合わねえ言葉だな」

首を捻る亮に、恵梨花は微笑む。

「ふふ、亮くんはお義父さんのピンチヒッターで行ったんだね。どうだった？　お義母《かあ》さんとのデートは？」

からかい混じりに言うと、亮は気を悪くしたように眉をひそめた。

「いや、デートって……それは違えだろ」

「ふーん？　そう？」

なおもからかいの笑みを向ける恵梨花に、亮はガシガシと頭を掻いた。

「まあ、なんだ。母さんも夜目は利くほうだけど、俺や親父ほどじゃないらしくてな。だからここへは俺で目と足を代用したところが強い」

「ふー……ん？　足もって、じゃあ、私を連れてきたみたいに亮くんがお義母さんをここまでおぶってきたの？」

「ああ。明るければ母さん一人でも大丈夫だが、あそこまで暗いとダメらしい。それと、流石にここまでの道を一人で走る気にはなれねえって」

「そ、そうなんだ……」

亮の母だけあって、暗くさえなければここへ自力で来るのは問題ないらしい。

「だから、初めて来た時は母さんおぶって、母さんの指示通りに走ってだな……けっこう苦労したぜ」

思い出したのか、少しげんなりした風な亮に恵梨花は微笑む。

「でもその苦労した甲斐はあったんじゃない？　こんなに綺麗な場所を見れて」

「……まあ、そうだな。母さんも嬉しそうだったし——っ」

そこまで言って亮は慌てて自分の口を手で塞いだ。

まるで余計なことを言ってしまったといわんばかりに。

小中学生でもないのだからそこを恥ずかしがらなくても、と恵梨花は内心で苦笑するに留めた。

「そっか、お義母さん喜んでくれたのならよかったね」

何の気もないように言うと、亮は口数少なく頷いた。

「そう、だな……」

それから二人はしばし黙って、蛍が描く天然のイルミネーションを静かに楽しんだ。

「……そろそろ帰るか。あんまり遅くなると親父さんや兄さんにドヤされちまいそうだしな」

ほどなくして亮がそう言うと、恵梨花は少しばかり名残惜しく感じながらも頷いた。

そんな恵梨花の内心を読んだように亮は明るく笑って言った。

「なに、来年また連れてきてやるよ」

恵梨花の顔がパアッと輝く。

「本当!?」

「ああ、来年だけでなくそれから何回でも、な」

亮がそう考えて言ったかは不明だが、それは何年先でも一緒にいようという意思表示と違わない。

「！　うんっ――！」

嬉しくなって恵梨花は繋いでる手から腕へ抱きついた。

するとと亮はピクッと肩を揺らすも、咳払いをしてからゆっくり帰り道へと足を向けた。

「――ねえ、聞いてもいい？」

恵梨花は亮の腕を抱えるようにくっつきながら口を開いた。

「なんだ？」

「どうして、ここへ連れてきてくれたの？」

ここは亮にとって思い出深い、さらに言うなら、亡き家族を強く思い出す場所だろう。

恵梨花がいくら亮と付き合っているからと、そう気軽に連れてくる気にはなかなかなれない場所ではと恵梨花は疑問に思ったのだ。

すると亮はどう言ったものかと頬を掻き、そして悩んだ末に意を決したように言った。

「母さんとここに来た時にな、言われたんだ」

「なんて――？」

「ああ……」

そこで少しまごついたようになった亮だが、苦笑を浮かべてから言ったのである。

「『亮にも大切な女性《ひと》が出来たら、ここに連れてきてあげるのよ』——ってな」

そして照れ臭そうに宙へ目を逸らす亮に、恵梨花の胸にこれでもかと愛おしさが満ち溢れる。

「亮くんっ——!!」

衝動のままに恵梨花は亮の胸へと抱きついた。

「おお!? ——っと……ははっ、素直に母さんの言うことは素直に聞いてみるもんだな」

茶化すように言う亮を、恵梨花はさらに力を込めて抱き締める。

そんな恵梨花の頭を亮はポンポンと触れ、そして抱き締め返してくる。

「亮くん、なんかズルくない……?」

「……うん？　何がだ？」

抱き締め合いながら二人は言葉を交わす。

「何がって……どれだけ、私に亮くんのこと好きにさせる気なの？　もういっぱいいっぱいだと思ってたのに、もっともっと好きになっちゃう……」

その気持ちを表すように恵梨花の手に力がギュッと入っていく。

「ははっ、何かと思えばそいつはこっちの台詞だぜ。妙に口に合う弁当だなって思って食ってたら、もう食えないと思ってたまさに母さんの味だった訳だし——それに、暖かく楽しい家族に会わせてくれて、な。だけでなく、毎日見てて飽きないほど、恵梨花はその——か、可愛いし、な。毎日のように魅了されるこっちの身にもなれよ」

恵梨花は自分の首や耳が赤くなっていくのを自覚した。

何とも思ってない男から聞き飽きるほど聞かされた言葉が、亮からだとまったく違う効果を恵梨花にもたらす。その度合いはそのまま恵梨花の亮に対する気持ちの強さなのだとわからされてしまう。

「うう……」

抱き締める手にさらに力が入りながら恵梨花が思わず唸ると、反対に亮は体の力を緩めるようにし、そして回していた手を片方、恵梨花の頭に伸ばして優しく撫でた。そしてその手が恵梨花の頬へ向かうと、恵梨花も体から力を抜いて亮の手の動きに逆らわないよう顔を上向けた。

「俺がどれだけ感謝してるかわからねえだろ——？」

至近距離で少しだけニヒルに微笑む亮に見惚れそうになった恵梨花に、亮は続けて言った。

「好きだぜ——恵梨花」

「！　私も——っ」

普段は照れてるからか、付き合ってから初めて亮からその言葉を聞けて感極まった恵梨花が同じように返そうとした言葉は、されど放たれることなく口内に溶けていった。

何故なら、恵梨花の唇が亮のそれに塞がれたからだ。

同時に強く抱き締められ、恵梨花も同じように抱き締め返す。

虫の奏でるオーケストラを耳に、蛍が彩る夜空の下で、亮と恵梨花の二人は互いの気持ちの深さを確かめ合うかのようなキスに没頭《ぼっとう》したのであった。

◇◆◇◆◇◆◇

「なあ、本当に来るのか、桜木のやつ……？」

同じ剣道部員で同学年の野村が、疑わしげな目を将志へ向ける。

炎天下、駅前の広場で、剣道部員たち二十余名が合宿のために集合していた。

「来るって言ったんなら亮は来るよ」

多分、と将志は心の中で付け加えると、野村は眉を寄せた。

「まあ、同中のお前がそう言うなら……しかし、あいつが本当に俺達に稽古つけれるのか？」

「大丈夫だって。実体験した俺が保証する。何より亮は家の道場で普段から稽古つける側だし」

「でも、それって、あいつの家の武道であって、剣道じゃないんだろ？」

自分達の会話に周囲が耳を澄ませているのを意識しながら、将志は苦笑する。

「そこは、ほら。あれから急成長した主将を見てたからわかるだろ？　あと、あの張り切って元気いっぱいな感じの今の主将の姿も」

目を向ければ、ソワソワとこれから始まる合宿に気合い十分と入れ込み気味の郷田がいて、周囲にいる者が揃って苦笑を浮かべる。

そう、彼らの主将は、あの日に件の亮から稽古を受けてスランプを抜けると、これまでの鬱憤《うっぷん》を晴らすように練習に打ち込み、それに比例して腕を上げていき、結果、こないだの県大会では圧倒的な実力を見せつけて優勝したのである。

だが、全国大会で勝ち抜くかについては今一つ自信が持てないようで、より一層練習に励むようになった。が、実力が伸び過ぎた弊害《へいがい》がここで出る。他の部員ではもはや、満足に彼の相手を出来なくなったのだ。

そうして物足りなさそうに練習を過ごす中で、郷田は将志と千秋の、亮から稽古を受けるという話を耳にしてしまい、亮へ直談判《じかだんぱん》をした。

結果、どう亮を説き伏せたのか知らないが亮はこの度の合宿に参加することになったのだ――それも彼女である恵梨花同伴で、だ。

「……主将はどちらかというと、乱取りが目的なんだろうけど」

「まあ、確かに」

野村の言葉に、将志は同意する。

「でも、主将はあれからすげえ強くなっただろ？　あの日でもいい勝負してて、竹刀じゃ防げなかったからって最後に蹴りを出してた桜木に、強くなった主将の相手が務まるのかよ？」

「それは……」

将志は言い淀んだ。

確かにその可能性はある。傍目からはそうは見えないが、亮がやっていた剣術の練習量というのは亮の本来の拳法に比べると圧倒的に少ないのは確かで、あれから剣の腕を上げてるかは定かではない――どころかその可能性は低いだろう。

だが、そういった懸念を常に吹き飛ばしてくるのが、将志の知る亮だった。その辺りのことをどう言葉にしたものかと悩んでいると、すぐ近くで女友達と話していた千秋が「ちっち」と指を振りながら話に入ってきた。

「ダメダメ、亮をそんな普通な物差しで計ってちゃダメだよ。いつもこっちの想定していることを鼻で笑い飛ばして突き抜けてくるのが亮なんだよ？　そんな心配なんてするだけ無駄だって」

明るく笑い飛ばすような千秋に、野村は怯んだ。

「いや、成瀬、その言い分ってどうなんだよ……」

「んー？　あははっ、まあ、始まればわかるって！　それに、あの日、亮と主将との乱取りだけど、亮は確かに本気――出してたのかな？　まあ、いっか。本気出してたとしても、全力は出してないよ」

「……そうなのか？　いや、それどういう意味だ……？」

疑わしげな野村に対して、将志には千秋のその言葉はストンと腑に落ちた。

「ああ、うん。俺もそう思う……なんとなくだけど」

「ふーん？　将志にはあの乱取りでそれしかわからなかった？」

千秋のからかうような言葉に、将志は苦笑する。

「俺にわかるのは、亮はあんなもんじゃないってことぐらいかな」

ぎょっとする周囲に対し、千秋はうんうんと頷く。

「ま、そうだけど……それしかわからないって亮が知ったらどう思うだろうね……？」

それを聞いて、将志の背に冷たい感覚が走る。

「ちょ、ちょっと待てよ、千秋。亮に余計なこと言うなよ⁉」

「えー、どうしよっかなー？」

「おい、千秋ってば！」

「あっははは」

焦る将志を翻弄《ほんろう》する千秋、周囲からしたら見慣れたものである。が――

「はいはい、ナチュラルにイチャつくんじゃねえよ。これから合宿――ってか、まだ始まってすらないってのに」

そう言ってげんなりしているのは野村だけでなく、近くにいた男子部員達も同じである。

「いや、別にイチャついてなんか……お前達は亮の容赦なさを知らないからそんなのん気でいられるんだ！」

「……あいつってそんなに容赦ない感じなのか？」

近くで話を聞いていた男子部員に聞かれて、将志はひどく真面目な顔で頷いた。

「男には特に」

「あ、あー……」

と、口々に言いながらその場にいた部員達が振り返った先には、あの日、不幸にもとばっちりのように亮に蹴られた田中がいる。

「桜木のやつ、あの時、ろくに振り返りもせずに田中のやつ蹴っ飛ばしたよな」

「生まれたての小鹿のようだったな」

「てか、野村はよく生きてたよな」

「あれはマジで死んだかと思った」

「人って飛べるんだなってあの時知ったわ」

「う、うっせえな！　思い出させんなよ!!」

口々に友人や先輩に言われて、野村が顔を赤くして言い返す。

そう、この野村は、あの日に無謀《むぼう》にも亮へ試合を挑んだ、亮いわく「剣道野郎」である——というか、ここにいる男は全員「剣道野郎」になるのだが。

「——それで？　その桜木はいつになったら来るんだ？」

副将の柳生《やぎゅう》がため息と共に言うと、将志は周囲を見渡した。

「……特に時間にルーズなやつじゃないんですけどね？　集合時間までまだ少しあるから、もう来るかと思いますけど」

「……まあ、遅刻でないのならいいが」

「俺、桜木が来るより、藤本さんがこの合宿に参加するのがすげえ嬉しい……」

「俺も。私服姿がまたいいんだよなー」

「そうそう。いやあ、楽しみだな」

「認めたくないが、桜木と付き合ってから日に日に可愛くなってるよな、藤本さん」

「確かに……なんで、あんなに可愛いんだろうな」

「それは藤本さんだからだろ」

恵梨花を楽しみにしている男子達へと向かう女子達の視線はなかなかに冷たい。

巻き込まれない位置で将志が苦笑していると、彼らの眼前に一台の軽自動車が停まる。

すぐそばのことだったので、当然のように視線が集まる中、車の後部座席が開かれた。

「遅くなって、ごめんなさい――！」

現れたのは彼らの学校の中でも知らぬ者などいない学校のアイドル、藤本恵梨花である。

普段の彼女の制服姿と違う私服姿を拝めた男子連中が、一斉にはしゃぎ出す。

「来たー！」

「おお……やっぱり、私服姿は最高」

「早朝から目にすると一段と眩しく見えるぜ……！」

「うむ、もう満足だ」

集合時間前だというのにもう一仕事終えたような男子部員達をやり過ごして、恵梨花は郷田へ声をかけた。

「ごめんね、タケちゃん。遅くなっちゃって――あ、おはよう」

「ああ、おはよう。いや、まだ集合時間前だから問題ない」

「そっか、よかったー」

安堵の息を吐く恵梨花を前に、郷田は落ち着かなさげにソワソワしている。

「それで、その――」

郷田がチラチラと車を視線を送っていると、恵梨花が降りたドアから続いて誰かが出てくる。

「――皆さん、おはようございます。この合宿に参加させていただくことになりました。ハナの――恵梨花の姉の藤本雪奈です。部外者にもかかわらず私の我が儘を受け入れてくれたと聞けて、感謝に堪えません。合宿中では自分のことだけでなく、色々お手伝いも頑張らせていただきますので、どうぞよろしくお願いします」

車を降りて部員達を目にするなり、礼儀正しく深々と頭を下げた雪奈は、顔を上げてニッコリとする。

途端、男子部員のいる場所を中心にどよめきが起こる。

「お、おお――！　藤本さんのお姉さんだから絶対美人だと思ってたけど……！」

「あ、ああ。とんでもねー美人だ」

「美女だ。まごうことなき美女がいる」

「てか、藤本さんそっくりだな――!?」

「いや、藤本さんがそっくりなんだろう」

「うわ、なんて美人姉妹……」

「うわー、肌綺麗……髪も綺麗……」

「ねえ、後で化粧品とか聞いてみようよ」

「あ、そうね！」

「はー……綺麗で可愛くて……あんなお姉さん欲しかった……」

雪奈の持つホワンとした雰囲気のせいか、女子部員からも好印象を受けたようだ。

彼らの反応に困ったように微笑んで髪をかき上げる雪奈のその様《さま》になる仕草に、またどよめきが起こる。

「お、おはようございます、ユキさん」

郷田が若干の緊張を浮かべながら、雪奈に話しかける。

「あ、おはよう。剛くん。今日は受け入れてくれてありがとう」

「ああ、いえ。桜木の話ももっともだと思ったし、それを話したら皆も納得してくれたので」

「そっか、よかったわ。ふふ――」

微笑を浮かべる雪奈に、郷田が照れたように頬を染める。

そんな二人を遠巻きに見ていた部員達は――

「藤本さんと幼馴染だから、お姉さんとも幼馴染ってか……主将、羨まし過ぎね？」

「ああ――てか、なんだ、主将わかりやすいな」

「初恋相手だろうな、おそらく。知らねーぞ。古橋《ふるはし》さんと付き合ってるのに……」

「……古橋さんのあの無言の笑顔がすげえ怖い……」

「まあ、あんな美女に目の前で微笑まれたら、彼女持ちでもああなるのはわかるけど」

「てか、妹もいるんじゃなかったか？　藤本さん」

「そういや、三人姉妹だって聞いたな」

「長女と次女があれだと、三女も必然的に――ってか？」

「だろうな……」

「てか、藤本さんとお姉さん並んでるの、画になりすぎだろ……」

「なあ、あれはやべえ……」

ヒソヒソを部員達が話す中、車の運転席がバタンと開かれる。

「おう――おはよう、タケ」

そう郷田へ声をかけた男に、今度は女子部員を中心にどよめきにも似た歓声が上がった。

「な、なに、あの人!?」

「すっごい、イケメン……」

「イケメンよ、イケメンだわ、イケメンがいるわ」

「はあ……映画の中の人みたい」

「もしかして恵梨花ちゃんのお兄さん……？」

「兄妹《きょうだい》揃って全員美形……？」

「超がつく、ね。どうなってるの、藤本家の遺伝子……」

ざわめく女子部員と目が合った恵梨花の兄、純貴《じゅんき》は、ニッと笑みを浮かべた。

「やあ、今日から妹達が世話になるね。どうかよろしく頼むよ」

爽やかに言われた女子部員達は、ほとんどが照れたように顔を真っ赤にして、中には卒倒《そっとう》しかけてる者がいるほどだった。

対して兄はそんな反応は見慣れてると言わんばかりに気にした様子もなく、車のトランクを開けて三つほど鞄を引っ張り出してから、郷田へ声をかけた。

「よ――っと。じゃあ、タケ、ユキとハナを頼んだぞ」

「あ、はい」

郷田が畏まって頷くと、純貴は郷田の肩にガシッと両手を置いて、真剣な面持ちで言ったのである。

「くれぐれも、くれぐれも――頼んだぞ。ユキとハナに不埒《ふらち》なことを働こうとするやつがいたら……俺が許す――殺《や》れ」

そんなことをどこまでも真面目な瞳と共に告げられた郷田は、頬を引き攣らせている。

「あ、は、はい――」

「わかってるな？　俺のこの世界一可愛い妹達を――」

さらに言い募ろうとしたところで、純貴の後頭部がスパパーン！　と二連打ではたかれる。

「もう！　お兄ちゃん、余計なこと言わないって言うから送られてきたのに!!」

「お兄ちゃん――存在が恥ずかしいから、早く帰ってくれる？」

叩いたのはもちろん恥ずかしさで顔を赤くした恵梨花と雪奈である。

「そ、そんな――!?　ユキ、ハナ、俺はお前達のことを心配してだな――!?」

「いいから！　大体、亮くんがいるんだからそんな心配いらないでしょ!?」

「いやいや、ハナ！　その亮くんだって、男なんだぞ!?　タケ、いいか、亮くんとハナを決して二人っきりになど――」

「もう――!!　早く帰って、お兄ちゃん――!!」

突然始まった藤本兄妹の寸劇《すんげき》を目にした部員達がヒソヒソ話し出す。

「シスコンだな」

「ああ、どうしようもないほどのシスコンだな」

「もう手遅れの域だな」

「あれだけイケメンなのになんて残念な……」

「でも、あんな可愛い二人が妹だったらシスコンになるのも無理ないんじゃ……？」

「……それは言えてるな」

「てか、なんだ？　桜木のやつ、藤本さんの兄妹とも親しくしてんのか？　あの兄さんから桜木の名前が普通に出てくるってことは」

「みたいなだ。すげえな、家族ぐるみとか」

「……んで、その桜木はいつになったら来るんだよ？」

その声が聞こえたのか、兄の背中を車へ向けて押している恵梨花と雪奈が小首を傾げた。

「あれ、ねえ、亮くんは？」

「もしかして……？」

「ああ、シートベルトの調子が悪くてなかなか外れなくてな……」

兄の言葉に、雪奈が「やっぱり」と息を吐いた。

その会話を耳にした部員達は「え？」と車へ目を向ける。

あの兄妹と一緒に車に乗って来てたのかという驚きだ。

今は早朝なのだ、いくら付き合ってるとは言え、彼女の家族とこんな時間から車で一緒に来るなんて、高校生としてはなかなかに信じがたいことであった。

（流石、亮……父ちゃん、母ちゃんからも、気に入られるの早かったしな……）

意外と年上から気に入られやすい友人に対して将志が苦笑していると、亮が乗っている助手席が開かれた。

「はー、やっと外れたぜ……」

億劫《おっくう》そうな表情で顔中に苦々しいものを貼り付けた亮が降りてきた。

（ん……？　なんか違和感……ともあれ、やっと登場か……）

微妙に首を傾げつつも、ちゃんと来てくれたかと将志が安堵の息をこぼしていると、周囲が静まり返っているのに気づいた。

見れば誰も彼もポカンとしている——藤本兄妹とあと一人を除いて。

「……？」

「へー？　亮、もうここでは隠さないんだ」

将志が首を傾げていると、例外の一人である千秋が面白そうに呟くのを耳にして、将志は
「あー」と納得の声を上げた。

（そうだ、今目にしているのは、俺達が知る中学の時の亮じゃないか）

もう開き直ったのだろうかと将志が考えていると、恵梨花の兄が亮へ叫んだ。

「いいか、亮くん！　くれぐれもハメを外さんようにな！」

「あー、はい」

「くれぐれも、くれぐれも!!　ハナと二人っきりになどならんようにな!!」

「……」

「お、おい目を逸らすな――!?　ちゃんと返事をしないか!!」

「もう!!　お兄ちゃん!!　合宿から帰ったら夏休み中、口きかないからね!?」

「そ、そんな――!?」

「さっさと帰って!!」

顔を真っ赤にした恵梨花に怒鳴られた純貴が情けない顔になっているのを横目に、亮は自分の荷物である鞄を一つ拾い上げて気楽な様子で郷田へ声をかけた。

「おう、おっさん。遅くなって悪かったな」

「あ、ああ……？　桜木か……？」

「？　ああ、どうしたよ、おっさん？」

「いや、その、お前――眼鏡は？　髪型も……随分と印象が変わったが……いや、似合ってると思うが」

そう、亮は高校に入ってから学校では頑なにやっていた地味スタイルの擬態《ぎたい》をしていないのだ。

なので、中学の時と同じく伊達眼鏡《だてめがね》をかけていなければ、似合っていない髪型もしていない。

（まあ、合宿中ずっとあの姿するのも面倒だろうし、開き直ってそうするのも無理ないか）

などと将志がそのように「うんうん」と納得していたが――

「は……？　——っ！」

何のことかと訝しげだった亮は突然ハッとして、顔を、正確には目の辺りに手をやった後、バッと自分の頭を——髪にも触れ、それから忙しなく慌てたように再び目元へ触れて眼鏡がないことを確認してから、愕然とした。

「——わ、忘れてた……！」

忘れてたんかい、と将志と千秋はガクッとズッコけてしまった。

そこでようやくか、郷田と話している男が亮だと理解に至った部員達は一斉に叫んだのである。

「ええええええ——!?　桜木だってー——!?」

移動もまだまだな合宿は、このように始まったのだった。

番外編　らぁめん元帥《げんすい》

カサリと、男の手に持つ新聞から音が響く。

背もたれもない安っぽく少し色褪《あ》せた椅子が、厚みのある中年の男を支え、ギシリと鈍い音を鳴らした。

それ以外の音と言えば、時計が針を進める音と、時折、外から車が走る音が聴こえてくるぐらいか。

まさに静寂といったところだが、静かなのも当たり前で、今は深夜である。

場所はとある商店街の一角にある、ちょっとばかり年季《ねんき》の入ったラーメン屋だ。

先ほど、看板が『営業中』から『準備中』に裏返されたところで、つまりは閉店したばかりである。

店内にいるのは店主の男のみ。店仕舞いの大半の作業を済ませ、新聞を片手に一息ついているところだ。

店主はチラッと壁掛けの時計に目をやり首を捻った。

「今日辺り来るかと思ったんだがな……？」

時刻は二時の半ばにさしかかろうとしているにもかかわらず、店主はそんなことを呟いた。

と、そんな時だ。店の前に人影が現れ、『準備中』の看板を無視して、躊躇《ためら》いなくその人影は扉を開けて店内に入ってきた。

「おーっす、大将、なんか適当に食わせてくれ」

来るなりどこかくたびれたようにそう言った、もう青年に差しかかっているかに見える少年は、年齢の割に仕立てのいいブラックスーツを着て、疲れた様子でカウンターに腰をかけた。

「兄《あん》ちゃん、いつも言ってるが俺のことは――」

と、店主がいつもの文句を返そうとしたところで、少年はヒラヒラと手を振って遮った。

「ああ、わかってるわかってる、大将。いいから早いとこ何か食わせてくれ」

これもいつもの返答で、店主は「全然わかってねえじゃねえか……」と愚痴りながらも立ち上がる。

新聞を片付けて厨房《ちゅうぼう》に入った店主は、注文も聞かずに残ってる材料、そこから明日までに使い切りたい材料を見分けて、次々と調理を始めた。

「今日もえらく遅くまで仕事してたみてえだな」

調理の手を止めずに、店主がいつもと同じように何気なく声をかける。

「あー……、だな。晩飯食ってもこの時間まで動いてたら、腹が減って仕方ねえ」

少年は背もたれにだらしなく背を傾けながら、一息つくように答えた。

興味のある答えは返ってこなかったが、店主は気にせず頷いた。

「だろうな。兄ちゃん、若いからなおさらだ」

そう、少年である通りに、目の前にいる男は若い。

学生服で店に来たこともあるから、高校生だということはわかっている。

わからないのは、高校生にしては妙な点が多いことだ。

年齢の割に仕立てのいいスーツは、家が裕福ならまだ理解できる。

わからないのはこんな夜中まで働いているということだ。

普通、高校生は法律があってこんな深夜まで働けない。

やってはいけないことだが、年齢を誤魔化して働くことは出来るかもしれない。その場合、事情があって金を稼がないといけない理由があると予想できる。

だが、それだと先に挙げた裕福な家というのと、矛盾《むじゅん》を起こす。

それらに目を瞑ってもおかしな点はまだこの少年にはあった。

貫禄《かんろく》があり過ぎるというのか、年齢に似合わない立派なスーツを着てるというのに、その姿に違和感を覚えない。

たまに少年だということを忘れさせるほどの落ち着きを感じさせたりする。

常連の大学生より、よほど大人に見えるのだ。

（一体、普段から何してたらこんな子に育つんだろうな……）

日常的に格闘技を修めているということは、ちょっとした雑談から聞いたが、それだけとは思えない。

好奇心は尽きないが、店主は無理に聞こうとは思わなかった。

少年は店の常連で、自分はその店の店主、その関係でいいと思っているからだ。

「ほい、唐揚げからだ」

考えている内に揚がった大量の唐揚げと、残っていたキャベツを全て千切りにしたものを一皿にまとめて、カウンター越しに少年に配膳する。

「おー、これこれ」

貫禄のある少年がこの時ばかりは年齢相応に表情を綻ばせるのを、店主は内心気に入っていた。

残り物の鶏肉を全て揚げたその唐揚げは、優に五人前はある。キャベツも相応だ。

だが、問題ない。この少年はいつも、出したものは全て無理した様子も見せず平らげるからだ。

少年はキャベツに卓上のマヨネーズをかけて、大口を開けて頬張る。

数度咀嚼《そしゃく》し、キャベツを半分以上減らしてから唐揚げに口をつける。

少年がバリバリと衣《ころも》を噛み砕く音を鳴らしながら、本当に美味そうに食べるのを見て、店主の頬が微かに釣り上がる。

「ほら、チャーハン」

これも残っている具材を贅沢に使った、普段店で出しているのより少しスペシャルなチャーハン──これも五人前はある──それを、卓に置いてやる。

「ん」

唐揚げを頬張ったままチャーハンを受け取った少年は、すぐさまレンゲでチャーハンを次々と口に放り込んだ。

モグモグゴクリと口の中のものを飲み込んだ少年はお冷を手に取って、ゴクゴクと喉を鳴らす。

「つはー……美味え」

満足そうな声を出したのも束の間、すぐさま少年は唐揚げとチャーハンを次々に口に放り込んでいく。

「ほれ、餃子《ぎょうざ》だ」

これもまた五人前以上ある大皿に載った餃子を無言で受け取った少年は、チャーハンと併せてガツガツと食べ進める。

店主はそれを無言の賛辞《さんじ》と受け取った気分になりながら、茹でていた麺の水を切って、それは大きな丼に入ったスープに浸ける。

「ほれ、メガ盛り塩豚骨ラーメン」

残っている材料をふんだんに使ったそのラーメンは、麺五玉に全てのトッピングが倍盛りで載せられていた。

少年は待ってましたとばかりの表情で受け取ると、まずはスープとひとすくいして味わった。少しの間スープを堪能した後、猛然とラーメンを啜る。

調理が一段落した店主は、小瓶のビールを冷蔵庫から取り出し、手酌《てじゃく》でグラスに注ぐと、少年が食べ進める姿を横目にグイッと呷《あお》る。

「ツカー……美味い」

自分の作ったものを美味そうにガツガツと食べる客は、まさに飲食店、料理人冥利《みょうり》に尽きると言っていいだろう。

そしてそんな客を目にしながらビールを飲む。これ以上に幸せなこともそうはない。

「……美味そうに飲みやがって……」

そんな店主を少年は食べる手を止めて不満げに恨めしそうに見てくる。

「こればっかりは、兄ちゃんが成人してからだな」

店主が自慢げに笑って、再びビールの入ったグラスを呷ると、少年は面白くなさそうに舌打ちをした。

店主がカラカラと笑って返すと、少年はこれ見よがしなため息を吐いた。

「てか、大将、客が食ってる目の前でビール飲むってどうなんだよ」

「おいおい、表の看板を見なかったのか、兄《あん》ちゃん？　今の俺は店仕舞いして、仕事を終えたおっさんなんだ。ビールくらい飲んで何が悪い」

「いやいや、それでも客がいるじゃねえか」

「兄《あん》ちゃんは兄《あん》ちゃんだ。営業も終わってるから、客とは言い難いな」

「む……それなら、俺もちょっとくらい飲んでも問題ねえんじゃ――」

「それとこれとは別だな」

店主がすかさず言い返すと、少年は不貞腐れたように食事を再開する。

「まあ、兄ちゃんが成人したなら、喜んでビール注ぐからよ。その時を待とうや」

少年はため息を返すだけで、食べる手を止めなかった。

拗ねはしていない。仕方ないと思いながらも納得し切れないと言ったところか。

店主は思わず苦笑を浮かべる。

このやりとりも何度しただろうか。

(けど、本当に楽しみなんだよな……)

この少年と一緒に今みたいな時間に飲むビールは、きっと最高に美味いだろうと、店主は思わずにいれない。

もちろん、この少年が成人する頃には引っ越しなどもあって、この店に来なくなるかもしれない。

それでも思うだけなら無料であるし、一人で期待するのも勝手だ。

少年が成人した先で来ない日々が続いたとしても、店主は裏切られたなどと思わず待ち続けるだろう。

それぐらい店主はこの少年を気に入り、何より恩を感じている。

（おっと）

感慨深く考えている内に、メガ盛りラーメンがなくなりかけているのを目にして、そのタイミングを見計らって茹でていた麺を上げて水を切る。

「ほらよ、メガ盛り醤油豚骨ラーメン」

いつも塩豚骨の後に醤油豚骨を頼む少年の好みを、店主は完全に把握していたため、用意してあったのだ。

これももちろん、全トッピング倍盛り、麺五玉である。

「おう、サンキュ」

少年も感謝を告げながら、当たり前のように受け取る。

本当に高校生には見えない少年である。

（……そういや、初めてこの店に来たのは、高校入学前だったか……？）

店主はふとその時のことを思い出していた。

◇◆◇◆◇◆◇

今から約一年ほど前のこと——

「どうぞ、チャーマヨ丼になります。ご注文は以上でしょうか？　ごゆっくりどうぞ」

常連の大学生のいる卓から厨房に戻った店主は、今日が初見の中学生か高校生の少年からの注文のラーメンを仕上げる。

「塩豚骨ラーメンの大盛りになります……っ」

店主は少し驚いた。

先に配膳《はいぜん》した大盛りのチャーハンと餃子三人前が綺麗に平らげられていたからだ。

（二分とかかってねえんじゃねえか……？）

自慢ではあるが自分の作るチャーハンは、それだけ食べに来るお客さんも多いほど好評で、要望もあってチャーハンの大盛りはかなりの量となっている。

ラーメンの大盛りと一緒に頼まれた時は、そのことについても告げていて「まったく問題ない」と返され、それならばと注文を受けた経緯があったが、これは本当に問題なさそうだと、店主はひそかに感心していた。

そんな時だ。

「あー、やっぱり不味《まず》いなここのラーメンは!!」

聞いた側に不快な印象を与える声質の非常に大きな声が店内中に響いた。

「罰ゲームだ。食え、ひっひっひ」

「怪しげな調味料を入れてるって話だからな、くっくっく」

「調味料じゃなく、虫でも煮てるんじゃねえか、はっはっは」

見るからにガラの悪い男が四人で、互いに聞こえる以上の大きな声を上げている。

そのせいで男達の声が聞こえてしまった他のお客さんが、食欲をなくしたような顔になる。

（またか……）

店主はうんざりした顔を隠せなかった。

というのも、この手の連中がひと月前から現れ出したからだ。

（あの地上げ連中だろうな……）

そのひと月前にあったことと言えば、この店の土地が欲しいと言った連中の話を断ったことぐらいで、どう考えてもそれが関係していることは明白だった。

今騒いでいる連中も先々週に見た覚えがあるし、先週にはまた別の連中が来ていた。

その連中も先ほどのように、他の客への迷惑行為を繰り返していた。

店主は男達のいるテーブルへ足を進める。

「お客さん方、他のお客さんへの迷惑になるので、もうちょっとだけ静かにしてもらえないですかね」

毅然《きぜん》と告げる店主に、男達はニヤニヤしながら言い返す。

「ああ⁉　なんだ、俺達が迷惑だってのか⁉」

「ちょっと話してるだけだろうが！」

「この店のラーメンが不味いのが悪いんじゃねえのか⁉」

「てめえのラーメンが不味いのを俺達のせいにするってえのか⁉」

男達の怒鳴り声で大きく響き、周囲のお客さんが思わず手を止めた。そのお客さん達は固唾《かたず》を呑んで、静寂に包まれた店内でこちらを窺っている。

そんな様子にさらに下品なニヤニヤ笑いを深めるチンピラの如き男達。

「……前にも言いましたが、口に合わねえんでしたら、無理して食わなくったって構いません。お代はけっこうですんで――」

と店主が話している途中で、ここのテーブルとは別の場所――カウンターから、聞き慣れた音が響いた。

――ズズッ。

聞き間違えようがない。スープを啜る音だった。

ラーメン屋なのだから、その音が響くのは当たり前の話である。だが、今の状況で、平気でラーメンのスープを啜る音が、場違い感丸出しだったため、店主だけでなくチンピラ達もそこに目をやってしまった。

そこには先ほど塩豚骨ラーメンを配膳した少年がいて、真剣な顔でラーメンのスープを嚥下《えんげ》していた。

そして、口端をニヤっと吊り上げたかと思うと、箸で麺を持ち上げて、ズズズズッと猛烈な勢いでラーメンを啜る。

口の中のラーメンを咀嚼し、それを呑み下すまえに、レンゲでスープを口に運んで、一緒に呑み込んだ。

「おお……美《う》っ味《め》え……チャーハンに餃子といい、めっちゃ当たりじゃねえか、この店」

店主にはそれは、思わず零れた本音にしか聞こえなかった。

それから少年は猛然とラーメンを食べ進める。

店主の胸にジーンとした感動が広がる。

(……これがあるから料理人はやめられねえんだ……！)

店主は状況も忘れて、少年の食べっぷりに見惚れていた。

「ちっ」

その面白くなさそうな舌打ちが耳に入って、店主は現実に戻ってきた。

チンピラ達に目を落とすと、カウンターの少年を忌々《いまいま》しそうに見ている。

このまま放っておくと、少年に水を向けられてしまうかもと思った店主は、急いでチンピラ達に声をかけようとしたが、遅かった。

「おいおい、こんな不味いラーメンにがっつくとか、恥ずかしいやつだな！」

「最近のガキはずいぶんと卑《いや》しくなったもんだぜ」

「飢《う》え死に寸前なほど腹減ってたんじゃね？」

「あー、なるほどな。それならこの店のラーメンも、奇跡的に美味く感じるのかもな！」

少年に向けてゲラゲラ笑いながら怒鳴る彼らであるが、少年はまったく耳に入ってないかのように食べ進める。

――ズズッ、ズズッ、ズズー、プハッ。

ついチンピラ達と一緒に少年を見ていると、少年は丼ぶりを傾けてスープまで飲み干して完食してしまったようだ。

（……はあ!?　もう食ったのか!?　うちの大盛りラーメンを!?）

少年の食いっぷりに、店主はまたまた状況を忘れて呆気に取られてしまった。

対してチンピラ達は自分達が少年に何ら影響を与えることが出来なかったのが腹立たしいようで、何やら腕を組んで真剣な顔で正面を見つめている少年に、再び怒鳴り始めた。

「おい！　調子乗ってんじゃねえぞ、そこのガキ！」

「てめえ、周り見えてんのか!?」

「耳ついてんのか!?」

「いや、まったくこっち見ねえ辺り、実はビビッてんじゃねえの？　ギャハハ！」

最後の男の声を皮切りに、チンピラ達の下品な笑い声が響く。

店主が今度こそ注意しようとしたところで、途中から何故か閉じられていた少年の目がカッと開かれた。

そして「うむ」と深く頷くと、目の前にあるメニューを手にとり、カウンターの中に目をやってからキョロキョロした末に店主と目が合うと大きな声で言ったのである。

「大将！　醤油豚骨の大盛り！」

店主はこの日一番の驚きに囚われ、激しく呆気《あっけ》にとられてしまった。

それでも、習慣とはすごいもので、大将の口は無意識に動いていた。

「あ、あいよ……」

すると少年は満足げに笑って、お冷を口にして一息吐き、リラックスした様子で、再びメニューを眺め始めた。

そして注文を受けた店主はチンピラのことを忘れて、無意識の内に厨房へと足が向かいそうになった。

「おい！　いい加減にしろ、そこのクソガキ!!」

「無視してんじゃねえ！」

「どれだけ俺達のこと舐めてんだ!?」

「神経ついてんのか、ああ!?」

チンピラ達はこれまで警察から言い逃れるためだろう、他の客へ直接的な迷惑行為は行わず、間接的に行っていた。

が、今回の少年の行動は彼らにその縛りを忘れさせるインパクトがあったようで、今まであった一線をアッサリと越えさせてしまった。

座っていた椅子を蹴り倒す勢いで立ち上がった彼らは、店主に肩をぶつけて、少年の席へと向かっていく。

「ちょ、ちょっと！　他のお客さんに絡まないでくれるか⁉」

「うるせえ！」

店主は止めようとするもチンピラに振り払われ、たたらを踏む。

そうこうしている内にチンピラ達が少年を囲んでいた。

「おい、さっきから舐めた態度取ってくれんじゃねえか、ええ？」

凄むチンピラに、少年は怪訝に眉根を寄せる。

「何の話だ？　それよかさっきからあんた達うるせえよ。騒ぐにしても場所選べよ、いい歳してみっともねえ」

まったく臆《おく》した様子もなく少年は言ってのけた。

駆けつけようとした店主の足が思わず止まる。

周囲からは悲鳴か、それに近い声を呑み込むような音が聞こえてくる。

「こ、このクソガキ……！」

怒りを抑えきれないチンピラの一人が、勢いよく少年へ手を伸ばそうとした。

拳を握ってなかった辺り、少年の胸倉でも掴もうとしているのだろう。

が、それは叶わなかった。

少年の足が素早く地面を横切ったように見えた、その瞬間。

「ぶげっ⁉」

少年へ手を伸ばそうとした男が横に回転して、地面へとしたたかに顔面を打ち付けたのである。

「……は？」

その声を発したのはチンピラだけでなく、店主も他の客も同じであった。

地面に転んで何が起こったかわからず鼻血を流す男を、少年は路傍《ろぼう》の石でも見るかのように見下ろす。

その後、目を上げた少年は残る呆けているチンピラ三人へ、「あっちに行け」と言わんばかりに手をヒラヒラと振った。

「な、何しやがった、ガキ……！」

我に返ったチンピラが振り絞るように聞くが、少年はもう一度、手をヒラヒラと振る。

まともに応答する気がないのは明らかで、その泰然自若《たいぜんじじゃく》な態度にチンピラの怒りが再燃する。

「おい、ガキ、ちょっと面貸せや」

「ここまで虚仮《こけ》にされて、このままじゃ終われないんでな……！」

店の入口にギラギラと目をやりながらのその言葉に、少年は「面倒な」と言いたげに眉根を寄せるも、ため息を吐いて立ち上がった。

「ちょ、ちょっと、うちのお客さんに何するつもりで!?」

店主はこれだけは防がなくてはと、チンピラ達の前に立ちはだかる。

「おっさんはお呼びじゃねえんだよ、ひっこんでな」

チンピラの一人に強く押されて、店主は再びたたらを踏むも、彼らの前に立ちはだかるのをやめない。再度、抗議の声を上げようとしたところで、少年に声をかけられる。

「なあ、大将。さっき頼んだラーメンなんだけど、味玉のトッピング言い忘れてた。頼める？」

至って普通に、本当に言い忘れてたかのように告げてきた少年のその様子に、店主はあんぐりと口を開きかけたが、やはり習慣が彼の口を機械的に動かした。

「あ、あいよ……」

「よし。何分ぐらいで出来そう？」

「ご、五分もあれば……」

「五分か……」

チラッとスマホを見て時間を確認した少年は、チンピラ達に声をかける。

「おら、外に用事なんだろ？　付き合ってやるからさっさと行くぞ」

そう言って、店主の脇を横切りチンピラ達よりも前に出て、入口へと向かっていく。

少年のその胆力《たんりょく》ぶりに誰もが声を出せなかったが、やはり怒りが沸《わ》き立つのを抑えられなかったチンピラ達が怒鳴りながら少年の後をついて行く。

「て、てめえ、とことん舐《な》め腐《くさ》りやがって⁉」

「殺す、絶対殺す……！」

「あー、もう死んだわ、お前」

「さっき何したか知らねえが、この痛みは絶対に倍にして返してやるからな……！」

少年は後ろからかかる声を気にした様子もなく足を進め、その途中で自分を唖然と見つめる他の客と目が合い、その後、テーブルをチラっと目をやったように見えた。そこで少年は足を止めて、顎に手をやって考え込む様子を見せたのである。

「おい、今更ビビったとか言うんじゃねえだろう⁉」

当然のように怒鳴り始めるチンピラ達を無視して、少年は振り返って店主と目を合わせた。

(何だ？　やっぱりSOSか？)

店主がもう一度、チンピラ達を止めるために動こうとしたところで、声がかかる。

「大将、唐揚げ三人前追加で、あと今度はキムチチャーハンの大盛りお願い」

「あ、あいよ……」

またも条件反射で返した店主に、少年は満足したように頷いてから、怒鳴るチンピラ達を無視しながら入口へと向かって、あっさりとチンピラ達と外へ出たのである。

(なんか……本気で余裕そうだな……)

呆然としながらも、無意識下で虚勢《きょせい》を張っていたのではと少年を案じていたのだが、どうやら思い過ごし、なのかもしれない。

そう思ったのは店主だけでなかったようで、常連の大学生が好奇心を露わに、彼らの後をつけるように、そうっと外へ出——ようとしたところで、店主へ小さな声で「後で勘定《かんじょう》するから！」と告げて、コソコソと外へ出て行った。

彼の人柄は知っている。本当に少年が危ない目に遭いそうなら、警察を呼ぶぐらいのことはしてくれそうだと、店主は迷いながらも少年の注文を捌《さば》くため厨房へ入って行った。

（えーっと、味玉の醤油豚骨と、唐揚げ三人前、キムチチャーハンの大盛り、だったな……）

本当に習慣とはすごいもので、呆然とした中で聞いた注文でも店主はしっかり覚えていた。

他のお客さんが何かを期待するようにソワソワと静かに待つ中で、調理を始める。

そして、一、二分したところで大学生の兄ちゃんが、勢いよく扉を開けて戻ってきた。

その顔は爽快《そうかい》さと、隠せない興奮で満ちていた。

店内中が期待に満ちた視線を大学生に向け、それを受けて心得たと言わんばかりに頷いた大学生が、店主へ興奮のままに口を開く。

「大将、すげえよ、あの子！　外に出て襲いかかってきたあのチンピラ達の攻撃をヒラリヒラリと避けて、その途中で気づいたっぽいゴミ捨て場に向かって、蹴りを四発！　それだけであのチンピラ達全員吹っ飛んで、ゴミ捨て場の中でヤンキー漫画みたいに積み重ねられて伸びてたわ！」

見たものが信じられないといったように興奮した彼の言葉に、「おおっ」と店内中がざわめく。

店主が店内を見渡すと、全員の表情がスカッとしている。

店主は大学生に問いかける。

「もしかしてと思ったが……それであの兄ちゃんはどうした？」

「あ、そこまでは見てねえわ。覗き見されてるの気づかれて嫌な思いさせたくなかったし……」

「そうか……」

と店主が返したところで、大学生の後ろから少年が何事もなかったかのように現れた。

店内中の注目を浴びた少年は、面倒だったと言わんばかりの表情で席まで戻ると、ポケットからジャラジャラと裸の現金を出して、カウンターの上に載せる。

「大将、これさっきの連中の勘定の分。釣りは迷惑料に取っといてくれだって」

「お、おう……!?」

チラッと見ると、小銭がいくつかと万札が何枚もあって、どう計算しても貰い過ぎであった。

「い、いや、多くねえかい!?」

「だから釣りは迷惑料だって。遠慮せず取っときなよ」

「い、いやしかしだな……」

「前にも来たことあんじゃねえの？　あのチンピラ達。そんで大将が何か言って、勘定貰わずに追い返したことあったんじゃねえの？　その時とこれから先の分と思って、遠慮せず取っけよ」

「む……」

そう言われると正当な勘定のように思えてきた。

「とりあえず、いらねえって言われても、俺はいちいちあのチンピラ達に返しになんて行かねえからな？」

「……わかった。受け取っておこう」

そこまでは確かに世話をかけられない。一旦は受け取るべきだろうと店主は頷いた。

そうして満足げに頷き返した少年は、またもや信じられないことを口にした。

「あー、ちょっと動いただけだけど、腹減ってきた。大将、ラーメンまだ？」

◇◆◇◆◇◆◇

その後少年は、他のお客さんからの迷惑行為を受けたために、お代はけっこうと言ったにもかかわらず、「俺もある意味迷惑かけた方じゃねえか」と、律儀《りちぎ》に払って行った。

お客さんに害が及びそうになったのを見ているだけしか出来なかったという、店主としては反省すべき一日であったが、胸がスッとしたのは確か。

その日から数日後のことである。

（また来たら目いっぱいサービスしてやろう……）

彼のことを考えていると、隣に座る男に声をかけられる。

「聞いてるかい？　ラーメン屋の。例の地上げ屋連中はまだ来てるかい？」

「あ、ああ。ほんの数日前に来たところだ」

「そうか……」

深刻な顔でそう呟くのは同じ商店街に店を構える寿司屋の店主である。

今日は商店街の寄合で、主に飲食店を経営する者達が集まっているのだ。

同じ顔をしている男は他にもいる。

「寿司屋の、あんたのとこもやっぱりかい？」

「ああ。一昨日に来たとこさ……本当、嫌になるな、あの連中は」

「だな。どうするべきかな……」

そう渋い声で呟くのはそば屋の店主である。

「ああ、でも一昨日来た時はな、店側としてはダメなんだろうが、お客さんの兄ちゃんが追っ払ってくれてな」

寿司屋の店主が面目ないように言うと、ラーメン屋の店主の他に何人かの店主が顔を上げた。

「寿司屋の、それは高校生ぐらいの子のことかい」

「！　もしかしてあんたのとこもかい、イタ飯屋の」

「中学生か高校生ぐらいの兄ちゃんか？　うちのとこにも来たぞ」

「うちにも来たな。すげえ食う子、じゃねえか？」

ラーメン屋の店主が最後に言うと、声を上げていた店主が揃って目を丸くして破顔した。

「そうそう！　うちの自慢の大皿パスタ、一人で食っちまったんだよ！　それも二皿も！」

「うちは特盛カツ丼と、特盛親子丼、それに大盛りそばを五枚、天ぷらつきで平らげていったよ」

「そば屋もか！　うちは寿司を百貫は優に食って、巻物まで全種類食っていったよ！」

「うちは大盛りラーメン二種と、大盛りチャーハンも二種類とも食って帰ってったよ」

「あの大盛りチャーハンを二皿!?」

一同が仰《の》け反《ぞ》った。

「……それでやっぱりアレかい？　その兄ちゃんがいる時にチンピラが……かい？」

寿司者の店主が問うと、かの少年を見たと言った店主達が揃って頷いた。

「店側としては助けられず、助けてもらって、その上――」

「あの食べっぷり！」

一同の声が揃って、皆小気味良い笑みを浮かべる。

「迷惑かけたからお代はけっこうだって言ったんだが――」

「こっちも迷惑かけた形じゃねえか、って頑なに支払いしていってよお」

そば屋の店主がグスッと鼻を鳴らす。

「あんなに美味そうに食事してもらった挙句《あげく》、だからな――なんとも気持ちのいい兄ちゃんだった」

「だな……今度来てもらった時は思いっきりサービスしてやるつもりだ」

「うちもだ」「うちもさ」「うちだって」と声が続く。

「しかし、あの兄ちゃんが現れたのは話を聞いた感じ、ここ一週間ぐらいのことか？」

「おそらくな。それであちこちの店に回ってるってことは……」

「自分が住んでる家の近所の飲食店をチェックしてる、ってとこか？」

「多分な。最近、引っ越してきたんじゃねえか」

「ああ、三月だしな」

「ってことは次の四月から高校生、ってことか……」

「おそらくそうだろうな……うちの倅《せがれ》が年齢近いから、きっとそうだって言ってたぜ」

「あれで高校生か……気風《きっぷ》といい、度胸といい、あのチンピラ達を軽々とあしらう腕……」

色々ととんでもないな、と店主達が思ったのは言うまでもない。

その後は、少年の話をしつつ、地上げ屋連中への対抗策など話し合い、夜は更けていったのであった。

◇◆◇◆◇◆◇

寄合から十日ほど経った日の深夜、ラーメン屋の店主は店仕舞いを始めていた。

今日までの間に、少年はまた店に訪れてくれた。

だが、間が悪いことにあのチンピラ達もいて、少年のことについてどんな情報でもと、店主を問い詰めていた中のことであったのだ。

そんな中に訪れた少年に、チンピラ達はまたも絡み、少年は呆れた顔を隠さず、店主に注文を済ませてから、チンピラ達と共に店を出て行った。

そして前回と同じく、数分後に少年だけが帰ってきて、本当に何事もなかったかのように、食事を楽しんで帰って行ったのだ。

店主はひそかにトッピングや具材などを大サービスして、料金も割引して念願を叶えた。

(食いっぷりといい、気風《きっぷ》といい、本当に小気味良い兄ちゃんだ……)

そしてこの商店街では少年の噂が広がり始めていた。もちろん良い意味でだ。

対してチンピラ達の元々悪かった評判だが、別の意味で悪い評判が広がり始めている。その意味とは、中学生に何度も絡んでは、軽くあしらわれるチンピラ達（笑）といったものである。

そのためかチンピラ達が飽きもせずに嫌がらせを始めると、お客達は噂を聞いていたのか、例の少年が現れるのではと、ソワソワ期待しているように見える、と他の店主から聞くようになった。

こんな流れが出来始めると、チンピラ達への恐怖はどんどんと小さくなっていき、嫌がらせの効果も薄まっていく。それによってもしかしたら次第にいなくなってくれるのではと、店主達は期待するのを止められなかった。

少年のことを思い出して、笑みを浮かべつつ店仕舞いをしていると、店に誰かが入ってきた気配を感じて、顔を上げる。

「お客さん、今日はもう店仕舞い――あんた達か、表の看板見てねえのかい？　今日はもう店仕舞いなんだ、帰ってくんな」

入ってきたのはもう何度も見たチンピラ達で、店主は素《そ》っ気《け》なく告げた。

「ちっ、舐めた態度とってくれんじゃねえか」

「最初はおどおどしてた癖によ」

口々に店主に文句を言ってくるが、もうハッキリ言って聞き飽きた。

「……もう一度言うが、今日はもう店仕舞いだ。帰ってくんな」

そんな店主の言葉は耳から耳へ素通りしたのか、チンピラ達はすごみながら店主へ近寄る。

「おい、おっさんよ、あのガキの連絡先寄越《よこ》せや」

「……生憎《あいにく》だが、あの子はまだ店に二回来ただけの客でな。連絡先なんて知らねえよ――よしんば知ってたとしても、あんた達には絶対に教えねえ」

知らないのは本当で、関係性から言えば当たり前の話と言える。

そして口にした通り、知っていたとしても絶対に教えないだろう。

「ああ!?　んだと、ごらあ!?」

いつも以上に余裕がないのか、チンピラ達の沸点《ふってん》はより低くなっているようで、声を荒らげながら近くのテーブルを威嚇するように蹴り倒した。

今まで直接的な被害を店に与えないようにしていたチンピラ達だったので、店主は少し驚いた。

「やめてもらえますかね……それ以上店に何かするなら、警察を呼ばせてもらいますよ」

店主は最後通告のつもりで毅然と告げると、それによって激昂《げきこう》したチンピラがいきなり殴りかかってきたのである。

「だから舐めた口きいてんじゃねえ、ってんだろうが!?」

「う、ぐ……何を」

チンピラに殴られ尻餅をついた店主の目の前がチカチカとしている。

「さっきから言ってんだろうが、あのガキの連絡先を寄越せや！　それか今すぐ呼び出せ!!」

「知らねえ、って言ってんだろ……それに知ってたとしても教える訳ねえ……！」

店主が気丈に言い返すも、それが気に入らなかったようで、チンピラは蹴りまで入れてきた。

「口答えしてんじゃねえ！　――おい、やれ」

チンピラの一人が顎を店内に向けると、他の連中がニヤッとしてから、店の中で暴れ始める。

長年店で愛用してきた、椅子、テーブル、卓上の調味料の入った瓶《びん》が次々に壊れていく。

「お、おい！　俺の店に何すんだ！　やめろ!!」

「うるせえ、っつてんだろうが！」

「ぐっ……」

止めようと立ち上がろうとするもさらなる暴力を振るわれ、店主は膝をつく。

「や、やめろ……」

自慢の店が破壊されるのを目にしながら、店主はついに気を失ってしまったのであった。


店主が目を覚ました時にはチンピラ達はいなくなっていて、店は無残な姿になっていた。

時計を確認すると、おそらく気を失っていたのは二十分ほどだろうか。

そんな短時間で、自慢の店はボロボロになっていた。

「くそっ……あいつら……」

悔しくてたまらず、店主のやるせない声が無残な店内に響く。

(ひとまずは……警察か……)

これほどの直接的な被害を受けたのだ、警察も張り切ってくれるだろうと、体の具合を確認しつつ店主が緩く回転する頭で考え始めたところだ。

店の扉が開く音が聞こえて、反射的に目をやると、あの少年がちょっと疲れた様子で、仕立ての良さそうなブラックスーツを身に纏い、怪訝に店内を見やっていた。

「何があったんだ、大将——って、怪我してんのか⁉」

店主の様子を目にして、焦ったように寄って来る少年を見て、店主が浮かべていた気弱な表情は自然に引っ込んで、笑いかけた。

「ああ、大丈夫さ、兄ちゃん。ちょっと痛むが大したことねえよ」

「……そう、みてえだな」

少年には何が見えてるのかわからないが、命に関わるようなものでないと、見て取ったようだ。

「それよか兄《あん》ちゃん、腹減ってんのかい？」

「ん？　あ、ああ……ここは遅くまでやってたように記憶してたから、来てみたんだが……」

「そうか、幸いなことに厨房の方は無事のようだからな……どら、ちょっとこれに腰かけて待ってもらえるかい？」

店主の目の前に転がっていた、幸いにも壊れず残っていた椅子を立ててやり、店主も立ち上がる。

「いや、大将、そんな状態で料理する気かよ」

「ああ、俺は料理人だからな……仕事して帰ってきたとこなんだろう？　そんな腹減った客を目にして作らずにいれるかよ、ってな」

ふらつきそうになる体を動かして、厨房に入り、残っている材料に目をやる。

（厨房だけは無事で本当によかった……）

少年は複雑そうな顔で店主を見つめ、止めても聞かなさそうだと判断したのか、勧められた椅子にため息をこぼしながら腰かけた。

そして店主が体の具合を確認しながらゆっくりと調理を始め、調子が出てきたところで、少年が静かに問いかけてきた。

「んで、何があったんだい、大将？　あのいつもいるチンピラ達か……？」

「んん？　……いや、兄《あん》ちゃんが気にすることはねえよ」

誤魔化そうと試みるも、ここに二度来て同じ回数あのチンピラ達に絡まれた少年には到底不可能に思えた。

「……そうか。悪い、俺があいつら伸《の》したせいだよな」

やはり答えに辿り着いた少年がそんなことを言うものだから、店主はキッパリと否定する。

「いいや、兄《あん》ちゃんのせいなんかじゃねえ」

「いや、けどな、大将――」

「何度だって言うぜ、兄《あん》ちゃんのせいなんかじゃねえ。それに俺は兄《あん》ちゃんが連中を伸してくれたことに関してはスカッとした思いでいっぱいだったんだ。感謝しかねえ。兄《あん》ちゃんのせいだなんてことは絶対にねえ」

店主が断固たる口調で返すと、少年は声を出さずに数度、何かを言おうと口を動かした末に、仕方なさそうに息を吐いた。

「……わかった」

「ああ。兄ちゃんはただ飯を食いに来た客だ。気にすることなんて何一つねえよ」

ニカッと笑いかけると、少年は年齢の割に大人びた苦笑を浮かべた。

「そうかい」

「ああ。ほらよ、普段はやってねえ塩豚骨の特盛だ――三玉入ってるけど、兄ちゃんなら余裕だろ？」

「当然」

少年は不敵に笑って、ラーメンを猛然と食べ進める。

その姿を見て、あちこち痛む体に満足感が広がり、痛みが和らいだように感じた。

（……やっぱりこうでないとな。料理人冥利に尽きるってもんだ）

少し楽になった気がする体で、店主は次々と料理を仕上げていったのであった。

◇◆◇◆◇◆◇

「もしもし、静？　少し頼みたいことあんだけど――ああ、俺の引っ越したアパートあるだろ？その近所で――」

◇◆◇◆◇◆◇

「はあ、やっと動けるようになったか……」

店がチンピラ達に荒らされた晩から三日が経った日のことだ。

店主はようやく起き上がれるようになった。

その日の晩は気合で体を動かしていれたが、家に帰って眠りにつくと、思っていた以上に体はダメージを受けていたようで、次の日はまったく動けなかったのだ。

それからも体は億劫で警察に電話する気力も湧かず、明日に明日にと日をまたいでいたら今日だ。

店はと言えば、臨時休業の張り紙を出して未だそのままである。

「店、片付けねえとな……警察にも今度こそ電話しねえと」

零れ出るため息と共に、店主が店に向かっていると、商店街に入ったところで首を傾げる。

「……なんだ？　商店街の企画か何かか……？　そんな話あったっけかな……？」

店主がそう呟いたのも仕方ない。商店街のあちこちで、着ぐるみを見たためだ。

中に誰が入っているのかは知らないが、ファンシーな着ぐるみを着た誰かが、商店街の至るところで掃除をしているのである。

主なところで箒《ほうき》で掃《は》いたり、窓拭きといったところか。

着ぐるみ越しであるが、熱心にやっていることが見てとれる。

だけでなく、子供が近寄ってくると、ポーズをとったり、キレのあるダンスまで披露して、子供達の笑顔を誘っている。

「……後で寿司屋の大将にでも聞いてみるか……」

あまりにも状況がわからず、店主はこの問題についてはひとまず棚上げすることにした。

そうして自分の店に着くと、この周囲にも着ぐるみ達がいて、熱心に掃除をしている。そんな彼らが店主に気付くと、ペコリと会釈してくるので、店主は目を瞬《しばた》かせた。

さらに訳がわからない気持ちになりつつも、店主は足早に店へ歩いていく。

中の惨状を思い出したせいか、取っ手に手をつけた店主は一瞬止まってしまったが、覚悟を固めるように息を吐いて、いざ扉を開ける。

「…………？　…………は⁉」

店内は綺麗に片付いていた。だけでなく、壊れたテーブルや椅子まで直っていて――

「いや……このテーブル、俺が使ってた型のと同じやつだが、新品になってる、な……」

椅子や調味料の瓶も同様だった。壊れなかったものはそのまま置いてあるようだ。

使い古されて色褪《あ》せたテーブルや椅子を見て、どこかホッとしてしまった。

この店を始めた時からあったものだからだろう。

そして良く見ると、床もまるで掃除業者を呼んで綺麗にしたかのようにピカピカになっている。

店内のあちこちを注意深く見て回ると、結論としてはいつでも店を始められそうな状態と言えるだろう。

「……後は食材と調味料を仕入れたら、今晩は営業出来そうだな……」

そう独りごちていると、店の扉が開く音が聞こえて振り返る。

「どうも、お邪魔いたしますよ」

そこにはどこか顔色が悪く、さらには人相《にんそう》も悪い、独特な雰囲気を持つ男がいた。

「……見ての通り、準備中でしてね」

「ああ、それには及びません。食事をしに来た訳ではありませんので」

「？　なら、一体――」

店主が問おうとしたところで、男は深々と腰を曲げたのである。

「うちの若い者達が大変なご迷惑をおかけしたようで――申し訳ありませんでした」

一瞬、唖然とした店主だが、すぐに事情を問う。

「い、一体、何の話で――って、もしかして」

言いながら店主は察しがついた。

「はい、お察しの通り、最近この店で迷惑をかけた連中のことです」

そこまで聞いたところでさらに店主は察した。

(なんか雰囲気あるなと思ったら、この男……裏社会のやつっぽいな。それも下っ端じゃねえ)

男は謝罪の姿勢を崩さないが、その態度には卑屈《ひくつ》さや媚《こ》びといったものがまるで感じられず、それが店主を確信させた。

「若い連中に色々仕事を任せていたんですが、色々と手違いがあったようで、暴走してご迷惑をおかけしたようです。申し訳ない」

「いや、手違いって、あんた……」

あのチンピラ達に散々されたことを思い出し、ついと店主の口から零れた。

「ええ。ですので、まずはこの店をできる限り復元という形で修復させていただきました。壊れた机や椅子など、同じものを用意しました」

「……そういうことか」

「はい。それと、今回の迷惑料、慰謝料《いしゃりょう》、治療費含めて、これをお納めください」

そう言って、懐から分厚い茶封筒を出し、近くのテーブルに置く。

その厚さはパッと見で三束は入っていそうで、店主は顔を顰めた。

「事情はわかったが、あんた達からこんな大金貰う謂《いわ》れはねえよ。持って帰ってくんな」

なんとなく、受け取りたくなかった。

「そう言われましてもこれは受け取ってもわなくてはいけません。どうぞ」

「いらねえ」

「……と言われても私はこれを引っ込める訳にはいかないので……ここに置いたままにさせていただきます。私が去った後、お好きなように処分なさってください——では」

「おい、待てよ——」

呼び止める声に反応しない男が扉から出ると、店主はその先の光景に目を丸めた。

着ぐるみ達がピシッと背を伸ばして、深々と腰を曲げていたのである。その挨拶の向きは、当然の如く店主と相対していた男である。

その光景にピンとくる。

「おい、あんた、もしかしてだが、あの着ぐるみ連中の中にいるのは……？」

店主が思わず問いかけると、男は頷いた。

「はい、この商店街の各お店で迷惑行為を繰り返した者達が入っています。しばらくの間、謝罪と反省をかねて掃除などをさせることになりましたので」

「――ので？」

「ああ、いえ、こちらのことです」

「ふうん。そうかい、あいつらがねえ……なんでまた着ぐるみなんか着せてんだ？」

「……あんな柄の悪い連中が商店街中で掃除してたら、商店街に人が寄り付かなくなるから――だと」

「……ああ、なるほど」

言われてみればもっともだ。熱心に掃除してようと、あのチンピラ達のいる場所にわざわざ近づこうだなんて考えを持つものは少ないだろう。

そしてなんとなくだが、今の言い分はこの男から出たものではないように思った。

「それでは私はこれで失礼します」

「あ、ああ」

店主は思わず返事をした。それから店内に戻って、手近な椅子に腰かけて一息吐いたところで、ぶ厚い茶封筒を目にして気付く。

「ああ、ちょっと――っ！」

封筒を手にして慌てて外に出てみるも、もう男の姿はどこにも見えなかった。

「くそっ……やられた……」

一杯食わされたような気になりながら、店主は踵を返すのだった。

◇◆◇◆◇◆◇

後日になって、他の飲食店も迷惑行為について謝罪があったと聞くようになった。

その後の寄合では全員がどうしてこんなことになったのかと、狐につままれたようになり、少しして落ち着いてからは、誰があの事態を収束させてくれたのかと話題になった。

が、誰も心当たりはなく、ハッキリとした答えは出なかった。

そんな中でそば屋の店主が思い出したように言ったのが、あの大食いの少年が商店街の中を歩いている時、彼に気づいた着ぐるみ達が慌ててピシッと直立し、深々と頭を下げていくのを見た、と。

それを聞いて店主達は唸り、各自思うところがあったようだが、それ以上は何も言わなかった。

（まさか……と思うが、でも多分……って思っちまうんだよな……特にあのブラックスーツ着てるのを見た後だと）

他の店主も同じことを思っているのだろう。

再び来店した少年に、軽く聞いてみても「さあ？　俺は何も知らねえよ」としか返ってこなかった。が、その時の態度から何となくわかってしまった。やはりこの少年が関係しているのだろうと。

そうして結論としては、この商店街はとある誰かの働きによって、あっという間に救われた、ということになったのである。

そのとある誰かは、本人が頑なに認めようとしないないことから、公然の秘密となった。

（――あれから、もう一年と少しってとこか……）

その間にこの少年はすっかり常連である。

他の店も同じくで、寄合の度に少年がどれだけの量をどれだけ美味そうに食ってくれたかと話題になり、さらには前の寄合から何回来てくれたかと張り合い、言い合うこともしばしば。

（ふっ、今のところはうちがトップを独走してるがな……）

やはり年齢的にもガッツリ具合でも、ラーメンが一番の好みのようで、少年が来る回数は多く、他の店主から良く舌打ちを向けられる。最近はその音が拍手のように思えてきたのは優越感からだろう。

「ふーっ、大将、勘定頼む」

その声に大将は回想から返る。見れば、当然のように綺麗に平らげられていた。

「おう、千円な」

「……また千円かよ？」

「こっちは明日までに片付けたかった残り物を出しただけだから、千円でも取りすぎなぐらいだ。千円以上出されても受け取らねえからな」

「へいへい――ったく、この商店街の飲食店の大将達は揃いも揃って……」

ぼやきながら少年は懐から財布を取り出す。

どうしてそんな愚痴のように出たかというと、他の飲食店もこの少年が来た時には、赤字レベルでサービスしていることからだ。流石に毎回、食べた量に対して安過ぎる支払いは落ち着かないのだろう。

(これぐらいでしか恩を返せねえんだから、受け取ってもらうぜ)

店主は一回の食事で少年から千円以上を受け取る気はない。これから先も。

「ほい、千円――いつも通り美味かったぜ、ごっそさん、大将」

そう言って席を立つ少年に、店主は今度こそはと不満たっぷりに告げる。

「兄ちゃんよ、いつも言ってんだろ？　俺のことは大将じゃなく――」

言いながら店内に引っ込めた電球看板を指差す。

「――元帥と呼んでくんな」

店主が指差した看板には『らぁめん元帥』と書かれていたのであった。

平凡{Bグループ}を装う 地味男子 × 学園のアイドル 美少女
原作 櫻井春輝
漫画 梵辛
シリーズ累計 28万部!!
Bグループの少年X【クロス】 1~3
The Boy Who belongs to Group "B" Cross
大好評発売中!
新感覚
ボーイ・ミーツ・ガール、開幕!
中学時代、「A(目立つ)グループ」に属していた桜《さくら》木《ぎ》亮《りょう》。彼は平穏に生きるため、高校ではひっそりと「B(平凡)グループ」に溶け込んでいた。ところが、特Aグループの美少女・藤《ふじ》本《もと》恵《え》梨《り》花《か》との出会いをきっかけに、亮の日常は大きく変化していく——!
大人気の青春エンタメ作品、リブート!!
◎B6判 ◎各定価:748円(10%税込)
アルファポリス 漫画 検索

いずれ最強の錬金術師？
SOMEDAY WILL I BE THE GREATEST ALCHEMIST?
1~16
小狐丸
KOGITSUNEMARU
シリーズ累計(電子含む)100万部突破！
2025年1月ついに
TVアニメ化!!
コミックス
1～7巻
好評発売中！
いずれ最強の錬金術師？
小狐丸
地味～な生産職志望の僕に付与されたのは、
聖剣から空飛ぶ船まで、何でも造れる
最強スキル
錬金術!!
第10回アルファポリスファンタジー小説大賞
読者賞受賞作
アルファポリス人気ランキング
圧倒的第1位
……僕、のんびり暮らしたいだけなんだけど
1～16巻
好評発売中！
勇者召喚に巻き込まれ、異世界に転生した僕、タクミ。不憫な僕を哀れんで、女神様が特別なスキルをくれることになったので、地味な生産系スキルをお願いした。そして与えられたのは、錬金術という珍しいスキル。まだよくわからないけど、このスキル、すごい可能性を秘めていそう……!? 最強錬金術師を目指す僕の旅が、いま始まる！
いずれ最強の錬金術師？
1
原作 小狐丸
漫画 ささかまたろう
聖剣から万能薬までなんでも造れる
最強の生産スキル
錬金術発動
大人気ファンタジー、待望のコミカライズ第1巻！
シリーズ累計10万部突破！
◉16巻 定価:1430円(10%税込)
1~15巻 各定価:1320円(10%税込)
◉Illustration：人米
◉7巻 定価:770円(10%税込)
1~6巻 各定価:748円(10%税込)
◉漫画：ささかまたろう B6判

この作品に対する皆様のご意見・ご感想をお待ちしております。

おハガキ・お手紙は以下の宛先にお送りください。

【宛先】

〒150-6019東京都渋谷区恵比寿4-20-3恵比寿ガーデンプレイスタワー19F
（株）アルファポリス　書籍感想係

メールフォームでのご意見・ご感想は右のＱＲコードから、
あるいは以下のワードで検索をかけてください。

アルファポリス　書籍の感想　検索

ご感想はこちらから

本書はWebサイト「アルファポリス」（https://www.alphapolis.co.jp/）に投稿されたものを、改稿、加筆のうえ書籍化したものです。

Bグループの少年《しょうねん》 9

櫻《さくら》井《い》春《はる》輝《き》　著

2024年7月30日初版発行

編集－高橋涼・村上達哉・芦田尚
編集長－太田鉄平
発行者－梶本雄介
発行所－株式会社アルファポリス
〒150-6019東京都渋谷区恵比寿4-20-3恵比寿ガーデンプレイスタワー19F
TEL 03-6277-1601（営業）03-6277-1602（編集）
URL https://www.alphapolis.co.jp/
発売元－株式会社星雲社（共同出版社・流通責任出版社）
〒112-0005東京都文京区水道1-3-30
TEL 03-3868-3275
イラスト－黒獅子
デザイン－ansyyqdesign(annex)
印刷－中央精版印刷株式会社

価格はカバーに表示されてあります。

落丁乱丁の場合はアルファポリスまでご連絡ください。

送料は小社負担でお取り替えします。


ISBN978-4-434-34062-8 C0093